Livre para Amar

2020 - Brasil

Lafonte

Título original: *Livre para Amar*
Copyright © Editora Lafonte Ltda., 2020

Todos os direitos reservados.
Nenhuma parte deste livro pode ser reproduzida sob quaisquer meios existentes sem autorização por escrito dos editores.

Direção Editorial *Ethel Santaella*
Revisão *Rita del Monaco*
Diagramação *Demetrios Cardozo*
Imagem de capa *Shutterstock*

Dados Internacionais de Catalogação na Publicação (CIP)
(Câmara Brasileira do Livro, SP, Brasil)

Miranda, Monica de
  Livre para amar / Monica de Miranda. -- 1. ed. --
São Paulo : Lafonte, 2020.

  ISBN 978-65-5870-028-9

  1. Ficção brasileira I. Título.

20-47224   CDD-B869.3

Índices para catálogo sistemático:

1. Ficção : Literatura brasileira   B869.3

Maria Alice Ferreira - Bibliotecária - CRB-8/7964

Editora Lafonte

Av. Profª Ida Kolb, 551, Casa Verde, CEP 02518-000, São Paulo-SP, Brasil
Tel.: (+55) 11 3855-2100, CEP 02518-000, São Paulo-SP, Brasil
Atendimento ao leitor (+55) 11 3855- 2216 / 11 – 3855 - 2213 – *atendimento@editoralafonte.com.br*
Venda de livros avulsos (+55) 11 3855- 2216 – *vendas@editoralafonte.com.br*
Venda de livros no atacado (+55) 11 3855-2275 – *atacado@escala.com.br*

2020 - Brasil

Lafonte

CAPÍTULO 1

Dois homens a aguardavam no saguão do hotel. Maria Eduarda estava vinte minutos atrasada, pois se lembrara na última hora de que precisava passar repelente de mosquito nos braços, pernas e pescoço. Nenhum dos dois demonstrou sinais de contrariedade quando se aproximou.

Um era apenas um pouco mais alto que ela, moreno, os cabelos grisalhos curtos o faziam parecer mais velho do que devia ser; o outro era alto e magro, os cabelos longos e pretos presos em um rabo de cavalo. Maria Eduarda deduziu que ambos eram os instrutores de montanhismo que a levariam, junto com um grupo, para a escalada e o rapel na cachoeira Véu da Noiva. Segundo a operadora de esportes radicais, a dupla era a mais competente e famosa da região.

Maria Eduarda se aproximou para cumprimentá-los.

– Então, vocês são *Os Anjos*? – indagou sorrindo, estendendo a mão para ambos.

O homem de cabelo comprido sorriu de volta e a apertou.

– Eu sou o Rafael. Este é o Gabriel – falou, apontando para o homem grisalho, com cara de poucos amigos, parado perto da porta. Depois, checou sua prancheta. – Você é...

– Maria Eduarda Madeira.

Ele encontrou o nome na lista e o ticou. Em seguida, se voltou para o casal sentado no sofá do saguão.

– A Cristina e o Lucas já estão aqui, a Maria Eduarda chegou, a Renata Macedo não vem... Falta o Sr. Paulo de Souza.

Rafael se dirigiu ao balcão para ligar para o quarto do hóspede que faltava para completar o grupo. Gabriel continuou parado na porta, os olhos fixos nela, sério, os braços cruzados e as pernas levemente afastadas, como um segurança ou um policial.

Sem se intimidar, Maria Eduarda largou sua mochila pesada no chão e tirou os óculos escuros do bolso frontal. Aproveitou a demora do outro participante para passar uma camada extra de filtro solar no rosto. Estavam indo para uma cachoeira e, embora o tempo estivesse nublado, o sol poderia surgir a qualquer momento.

Estava bem preparada. Os cabelos curtos, castanho-avermelhados, batidos na nuca, caíam em pontas sobre sua testa. Vestia uma calça jeans e uma camiseta de malha fria vermelha, o cinto de couro combinava com a botina de camurça que comprara em uma loja especializada em material esportivo. O batom marrom fazia contraste com a pele clara. Os óculos escondiam olhos amendoados e pestanas longas, tratadas com rímel transparente.

Na mochila, adquirida na mesma loja de material esportivo, Eduarda trazia uma garrafa térmica com água de coco, capa impermeável, o lanche recomendado pela operadora, um par extra de meias, caso a sua ficasse molhada na cachoeira, filtro solar, repelente, bolsa com cremes de corpo e rosto, toalhinha de mão, álcool em gel, escova de dente, carteira com dinheiro e cartão de crédito, celular, carregador e mais algumas coisas.

Ela captou, com o canto do olho, Gabriel se aproximar.

– Se importa se eu checar o peso da sua mochila?

Maria Eduarda percebeu a antipatia no tom artificialmente amigável dele. Os músculos do braço se delinearam quando Gabriel ergueu a mochila do chão como se fosse um altere.

– Tem certeza de que vai precisar de tudo o que tem aqui dentro? – ele indagou, mantendo a voz sob controle. – São três horas de caminhada pela margem do rio e, depois, mais uma hora e meia de subida íngreme. Vamos descer pela cachoeira, depois fazer o mesmo caminho de volta. Não explicaram isso a você na operadora?

– Explicaram – ela respondeu. – Não se preocupe, eu aguento.

Gabriel a encarou por alguns momentos, depois se voltou para o amigo que se aproximava. Rafael se dirigiu aos dois.

– O Sr. Paulo não vem, está passando mal. Vamos?

Cristina e Lucas se levantaram, animados. Maria Eduarda reparou que as mochilas do casal, juntas, fariam um volume menor do que a sua. Gabriel colocou os óculos escuros antes de se encaminhar para a saída.

É impressão minha ou esse cara está de mau humor? ela se perguntou.
Ele era muito atraente. A pele morena contrastava com os cabelos curtos, quase totalmente prateados; os olhos castanho-claros tinham reflexos esverdeados; o corpo era forte, sólido e proporcional; os braços torneados terminavam em mãos bem feitas. Maria Eduarda reparava nas mãos das pessoas com frequência e as dele eram especialmente bonitas, longas e masculinas. O mero gesto de colocar os óculos chamou sua atenção para elas.

O grupo se encaminhou para a Toyota que os levaria até o rio. De lá, seguiriam pela margem pedregosa até alcançarem a cachoeira. Enquanto Gabriel dirigia, quieto, Rafael explicava como seria o passeio.

Lucas e a esposa, sentados lado a lado no banco traseiro do carro junto com Maria Eduarda, se alternavam nas perguntas técnicas sobre a escalada e o rapel. Pareciam bastante familiarizados com a prática e ficavam satisfeitos com as respostas de Rafael.

A estrada cortava pelo meio da montanha e subia, sinuosa, em direção à maior cachoeira da reserva ecológica. Maria Eduarda apreciou a paisagem. Uma névoa fina inundara o vale coberto pela vegetação alta, abundante, entrecortado pelo rio que serpenteava o tapete verde.

— Vamos deixar o carro na base de apoio, depois seguiremos a pé — ouviu Gabriel dizer, sem se voltar. — Choveu nas últimas duas semanas, então, as pedras estarão escorregadias. A gente vai seguir pela margem, mas vamos ter de entrar na floresta em alguns momentos. Fiquem juntos e prestem atenção onde pisam, pois vamos encontrar pequenos deslizamentos. Eu fiz a trilha ontem e estava segura, mas como nem todos têm experiência nesse tipo de terreno, toda atenção é...

Maria Eduarda percebeu que a indireta era para ela.

— Está se referindo a mim, Gabriel? — interrompeu, imprimindo um tom bem-humorado e levemente desafiador à voz.

Gabriel ergueu os olhos e a encarou pelo retrovisor. O casal a seu lado também se voltou. Rafael se virou para ela, pousando o braço sobre o encosto do banco dianteiro.

– A operadora nos disse que o Lucas e a Cristina eram montanhistas e que as outras pessoas do grupo não tinham experiência em escaladas. Por isso nós dois viemos. Quando o grupo é experiente, o Gabriel sobe só com um técnico de apoio.

Maria Eduarda assentia com a cabeça enquanto Rafael justificava sua presença. Gabriel continuava alternando o olhar entre a estrada e o espelho e seus olhos se cruzaram, mais uma vez.

– Bem, eu não sou montanhista, mas subi a Pedra da Gávea, no Rio, algumas vezes.

– Subiu a Pedra da Gávea... – murmurou Gabriel, voltando a prestar atenção à estrada. – Escalada e rapel são modalidades diferentes.

– Eu sei – disse Maria Eduarda, controlando a irritação. – Mas estou acostumada a desafios – replicou. – Além do mais, descer nas cordas não deve ser mais difícil do que subir!

O casal assentiu, um tanto sem graça, enquanto Rafael sorriu encorajadoramente.

– Não vai ser difícil – ele murmurou, endireitando-se e tornando a olhar para a estrada. Conferiu o relógio. – Vamos chegar ao ponto de apoio às oito e vinte. Estamos atrasados, mas podemos recuperar o tempo perdido na caminhada.

Maria Eduarda recostou no banco e apenas o ruído do motor passou a ser ouvido. *Que idiota!* pensou, tornando a checar Gabriel pelo espelho. O que ele tinha de *gato*, tinha de antipático.

Na verdade, ela pressionara a operadora para ser aceita no grupo. Exagerara suas habilidades técnicas e resistência física, mas estava certa de que iria conseguir. Afinal, o que podia ser pior do que encarar os lobos da diretoria da multinacional onde trabalhava? E pedalava cinco quilômetros na bicicleta ergométrica sempre que podia, apesar de quase não ter tido tempo de se exercitar nos últimos seis meses.

Fechou os olhos, tentando afastar esses pensamentos. Era por causa do trabalho que estava ali. Era por causa daquela maldita empresa que fora obrigada a tirar uma licença que eles haviam adicionado às férias, à sua revelia. E tinha sido por estresse e "esgotamento emocional", segundo o médico, que desmaiara durante uma festa de confraternização – seu estômago doeu ao se lembrar do constrangimento – e passara dois dias de cama. Seu clínico aconselhara um mês de repouso, mas, para Maria Eduarda, uma semana sem fazer nada era mais do que suficiente. Quem era aquele instrutorzinho para questioná-la?

Respirou fundo. Não queria pensar naquilo. Afinal, estava determinada a se divertir. Queria viver uma aventura radical há muito tempo e aquela era sua oportunidade fazer tudo o que não conseguira fazer nos três anos e meio de trabalho alucinado naquela empresa.

Gabriel pegou um desvio e entrou em uma estrada estreita de terra batida que cortava a floresta. O ar ali estava fresco, quase frio. O casal ao seu lado se acomodara e conversava, sussurrando um com o outro, trocando eventuais carícias e beijinhos. O clima romântico fez Maria Eduarda prestar ainda mais atenção à paisagem.

***

O ponto de apoio do passeio era uma cabana de madeira localizada entre a estrada e o rio. Gabriel saltou e entrou na casa. Rafael veio ajudar os três a tirarem as mochilas do bagageiro e se aproximou de Maria Eduarda.

– Pode deixar suas coisas aqui na cabana. Ela fica trancada e é bem segura – ele disse.

– Não precisa, Rafael, obrigada – Maria Eduarda retrucou, erguendo o pesado volume nas costas.

Gabriel desceu os degraus de madeira da cabana e se aproximou dela, dizendo:

– Temos de carregar equipamentos, não poderemos levar sua mochila se você não aguentar o peso dela até o fim.

A irritação da executiva só não ficou mais evidente por anos de prática adquirida nas reuniões de diretoria.

– Não se preocupe comigo, Gabriel. Vou aguentar e acompanhar o ritmo. Podem me deixar para trás se eu não conseguir.

Gabriel chegou mais perto dela, deixando transparecer a impaciência.

– Obviamente, não vamos deixar você para trás. Mas não posso permitir que atrase o grupo. A gente tem de cumprir cada etapa do percurso em um tempo certo ou corremos o risco de anoitecer antes de retornarmos. Por favor, é melhor deixar aqui tudo o que não for imprescindível.

Os dois se encaram por um momento.

– Está bem – ela concedeu, tentando soar cooperativa.

A contragosto, Maria Eduarda abriu a mochila e tirou a pequena bolsa com cremes de corpo e rosto, a toalha de mão e o carregador do celular que não teria onde conectar mesmo. Entregou tudo a Gabriel, que tomou o pequeno volume nas mãos e meneou a cabeça, ainda contrariado. Pareceu que ia falar algo, mas desistiu, deu meia volta e entrou novamente na cabana.

O casal já estava a postos, ao lado de Maria Eduarda. Rafael trancou o carro, depois de organizar o equipamento e colocar sua mochila nas costas. Gabriel retornou para juntou deles, em seguida.

– Falei com a torre de vigilância e parece que choveu forte ontem à noite por lá – disse ao grupo – O rio deve estar alto e a cachoeira estará bem mais cheia. Pode chover no final da tarde.

Lucas ajeitou o boné sobre a cabeça raspada e deu a mão à esposa.

– Legal! – exclamou, animado. – Vai ser mais divertido.

A expressão de Gabriel permaneceu fechada.

– Chequei a meteorologia ontem à noite e a previsão para hoje era de sol, mas parece que o tempo virou. Se começar a chover forte, vamos ter de voltar. O terreno molhado fica instável, não dá para arriscar.

Todo mundo concordou com a cabeça. Ele prosseguiu.

– Daqui até o rio são dois quilômetros, e mais seis até a base da cachoeira. Agora, são oito e quarenta, deveremos chegar lá por volta de onze e meia. Vamos dar uma parada para comer alguma coisa, depois subiremos. Qualquer problema, esta cabana é nosso ponto de referência. Alguma dúvida?

Ninguém se manifestou. Como líder do grupo, Gabriel partiu na frente, seguido pelo casal, Maria Eduarda e Rafael. Antes de chegarem à beira do rio, Maria Eduarda ouviu o ruído forte da água. Quando visualizaram a margem, se deparam com um volume significativo de água turva, amarelada, cobrindo as pedras.

Os instrutores se detiveram por alguns momentos e conversaram um pouco, longe do grupo. Gabriel estava nitidamente preocupado. Rafael argumentou com ele, gesticulando, até que os dois retornaram para junto do grupo e sinalizaram para que prosseguissem.

A visão das montanhas era assombrosa. O cume estava envolvido em nuvens baixas, que pareciam um líquido branco se derramando sobre as copas. Lascas de pedra pontiagudas, cor de grafite, úmidas e desnudas, apontavam para o céu. Maria Eduarda ficou com pena, pois não subiriam até o topo, somente até metade da altura. A vista valeria o esforço da escalada.

Respirou fundo, sentindo o ar puro e fresco inundar seus pulmões, feliz em deixar para trás a poluição e o trânsito do Rio de Janeiro. Tirou o celular da bolsa e enquadrou um trecho do rio com as montanhas ao fundo. Ficou um pouco para trás, mas logo alcançou o casal à sua frente, num ritmo de caminhada forte. Conseguiu acompanhar os dois com relativa facilidade.

Quando a trilha adentrou a floresta, os mosquitos se fizeram presentes. Sem parar de andar, Maria Eduarda tirou o repelente e passou outra vez nos braços e pescoço. Relutou em passá-lo no rosto, mas não tinha jeito: ou o fazia ou acabaria com a pele cheia de placas vermelhas.

O caminho por dentro da floresta era difícil e acidentado. As raízes das árvores tornavam o terreno tortuoso e o chão úmido estava escorregadio. Ficou feliz por ter comprado as botas certas. O calçado tinha custado uma fortuna, mas era confortável e estável, mesmo na lama.

Enquanto avaliava o investimento que fizera, Gabriel conversava com Lucas e Cristina. Rafael seguia atrás dele e reduziu a velocidade para ficar ao seu lado.

– Tudo bem? – ele indagou.

– Perfeito – ela respondeu, sorrindo, e acelerou o passo para se aproximar dos demais. Rafael fez o mesmo e seguiram juntos até alcançarem o resto do grupo.

***

A mochila começou a cobrar seu preço quando as incursões por dentro da floresta se tornaram frequentes. Caminhavam há duas horas e quarenta minutos. Maria Eduarda ajeitou as alças, que forçavam seus ombros para trás, tirou a água de coco do bolso lateral e tomou metade da garrafa, para aliviar a garganta seca.

A breve parada a fez perder o casal de vista. Eles caminhavam rápido demais, mas não podia deixar que se afastassem tanto. Guardou a garrafinha de volta na mochila e deu uma ligeira corrida até vê-los novamente. Suas pernas já começavam a doer.

Ficou aliviada quando viu o rio novamente. O caminho na margem era menos desnivelado. Percebeu que Gabriel se detivera e deixara os três outros passarem à sua frente. Ele a aguardou, depois seguiu atrás dela, como se tivesse decidido fazer pressão em seu ritmo de caminhada. Com ele às suas costas, não havia a menor chance de Maria Eduarda demonstrar sinais de cansaço.

Apesar do esforço, não demorou para que Rafael e o casal se adiantassem e sumissem, mais uma vez. Gabriel não fez nenhum comentário nem forçou seu ritmo, mas também não o aliviou. Prosseguiram juntos. Maria Eduarda foi obrigada a diminuir as passadas para ajeitar outra vez as alças da mochila, que, a esta altura, pesava duas toneladas em suas costas.

Gabriel passou por ela, deu uma olhada de rabo de olho, e seguiu em frente. Os metais dos grampos e pinos clicavam dentro da mochila dele, as cordas penduradas balançavam no ritmo de seus passos. Maria Eduarda ficou apreensiva ao imaginar a subida de uma hora e meia prevista para quando chegassem à base da montanha.

A primeira visão da cachoeira surgiu após três horas de caminhada. Lucas e Cristina deixaram suas mochilas no chão, de onde tiraram garrafas d'água. Maria Eduarda jogou-se ao lado delas, livrando-se do peso da sua e massageando o pescoço.

Rafael, que havia continuado a caminhar um pouco mais à frente, retornou e se dirigiu a Gabriel e ao casal.

— Temos de passar para o outro lado. O rio encobriu o trecho onde costumamos atravessar. Ainda dá para passar e poderemos descansar uns quinze minutos, comer alguma coisa, antes de começarmos a subir.

Gabriel assentiu e o casal seguiu atrás de Rafael. Maria Eduarda permaneceu sentada onde estava, fingindo não ter percebido que os quatro ignoravam sua existência. Foi quando sentiu algo vibrar dentro da mochila. Era seu celular. O toque soou alto, a despeito do barulho da água. Sacou-o do bolso frontal e atendeu, estranhando que estivesse conseguindo receber sinal naquele ponto das montanhas.

O nome de sua assistente estava na tela.

— Alô? Giovanna? — O ruído da cachoeira a obrigou a se levantar e se afastar um pouco do rio. Custou a entender o que a jovem dizia. Aparentemente, ela já havia telefonado centenas de vezes, mas o sinal estava fraco e a voz dela sumia de repente.

Percebeu quando Gabriel se aproximou, as sobrancelhas unidas, como se não acreditasse no que via. Maria Eduarda continuou tentando decifrar qual tinha sido o problema com o cronograma de implementação do projeto que aprovara na véspera de sair de licença.

— Temos de ir — ouviu o instrutor dizer, com as mãos na cintura. — Maria Eduarda...

— Só um instante — ela cortou.

Nervosa, Giovanna lhe contou que a diretoria havia antecipado em duas semanas o prazo para a conclusão do projeto, ou seja, para o dia de seu retorno. E que Kátia, a Gerente de Informática, sua maior rival, iria liderar a finalização da apresentação.

— O quê?! Eles não podem fazer isso! Aquela cretina está se aproveitando da minha ausência para... — gritou, querendo bater em alguém.

— Maria Eduarda! — Gabriel exclamou, ao seu lado. — A gente precisa prosseguir. Agora. Desliga esse telefone...

Eduarda se voltou para ele.

— É uma emergência, Gabriel. Pode me dar cinco minutos, por favor? — retrucou, irritada.

Ele apertou os olhos e contraiu a mandíbula, contendo uma resposta grosseira.

— Se não desligar agora, vou seguir sem você.

A ameaça foi convincente. Maria Eduarda ainda tentou pedir à assistente para remarcar o dia da apresentação. Enquanto recolocava a mochila e seguia o instrutor, começou a procurar datas na agenda do celular.

Gabriel parou subitamente e Eduarda quase colidiu com as costas dele. Vislumbrou, de relance, Rafael gesticulando freneticamente do outro lado da margem. Ele gritava algo, mas sua voz se perdia no estrondo da água, que, de repente, havia se tornado dez vezes mais alto.

Antes que tivesse tempo de compreender o que se passava, Gabriel se virou e a empurrou violentamente para trás. A força dele adicionada ao peso da mochila a fizeram voar de costas alguns metros para dentro da floresta. No instante seguinte, uma parede de água o atingiu e uma avalanche de lama e galhos encobriu sua visão.

Aterrorizada, Maria Eduarda levou alguns segundos para entender o que estava acontecendo. Gabriel havia sumido e a força da água varria tudo à sua frente. Ergueu-se com dificuldade, se livrou da mochila e tentou se aproximar do rio caudaloso, o coração disparado e as pernas bambas.

Do outro lado do rio, Rafael descia a margem correndo, seguindo algo que via do lado de cá. Maria Eduarda seguiu seu olhar e localizou Gabriel agarrado a uma árvore. A água que batia contra ele quase o engolfava. Correu pelo mato, descendo para tentar alcançá-lo, mas quando conseguiu se aproximar, ele escorregou mais para baixo.

— Gabriel! — gritou.

Aproximou-se novamente da margem e viu que a violência da correnteza deslocava e engolia trechos inteiros da trilha pela qual o grupo havia passado. A força da água carregava tudo o que havia pela frente e Maria Eduarda percebeu que Gabriel não iria aguentar a pressão por muito tempo. Continuou correndo por entre as árvores, com um nó no estômago, a garganta contraída contendo o choro e concentrada em não tropeçar nas raízes que restaram na margem.

De repente, a mochila dele emergiu. O braço engachou numa pedra e Gabriel surgiu de dentro d'água buscando ar e tossindo ao mesmo tempo. Maria Eduarda conseguiu chegar perto o suficiente para que ele a visse.

– Segura a minha mão! – gritou para ele.

Gabriel a viu.

– Volta... para a floresta! – ele gritou de volta.

Maria Eduarda nem sequer considerou essa possibilidade. Agarrou-se a um tronco e entrou com metade do corpo dentro da água. Estava gelada e a pressão era enorme. Gabriel precisava se virar e lhe estender o braço esquerdo. Mas ele não o fez.

– Me dá sua mão!

Gabriel se virou, mas o braço esquerdo estava submerso. Ela reparou que ele fez uma careta de dor. A água em torno dele descia manchada de sangue.

– Não dá! Volta!

Sua voz estava estrangulada e a respiração, entrecortada. Eduarda viu que Rafael acompanhara sua trajetória, junto com Lucas e Cristina, e os três os observavam atônitos, impotentes, do outro lado da margem. Rafael tinha as duas mãos na cabeça, sua expressão era de horror. Aquela visão não foi nem um pouco animadora.

– Pega... corda! ... moch...! – ouviu parcialmente Rafael gritar.

Ela podia, de fato, alcançar a corda pendurada na mochila de Gabriel, mas teria de se agarrar com força ao tronco ou a correnteza a levaria também. Vencendo o medo, esticou-se mais e tentou soltar o velcro que prendia o laço. Mas, se não fosse rápida o suficiente, a corda seria levada. O empuxo da água forçava seu corpo e os tendões de seu braço doeram.

A mão suada já estava escorregando quando conseguiu soltar o velcro e segurar a corda. Voltou para a margem para recobrar as forças, ofegante. Rafael gritava do outro lado, mas não conseguia entender o que ele dizia. Eduarda atou uma das pontas da corda em torno do tronco da árvore e se preparou para lançar a outra ponta.

– Gabriel, pega a corda! – gritou.

Ele acompanhava seus movimentos e assentiu com a cabeça. Agarrou a corda na primeira tentativa e a amarrou em volta do corpo. Mais uma vez, sua expressão se contraiu. Maria Eduarda começou a puxar. Quando Gabriel se soltou da pedra, a corda distendeu, deu um tranco e a correnteza o fez colidir contra a margem. Ouviu-o gritar de dor. Mas, com uma das mãos, ele conseguiu se aproximar o suficiente e ela o alcançou.

Maria Eduarda agarrou a mochila dele e a puxou com força para trás. Gabriel deu um impulso com as pernas para subir na margem. Ela passou o braço em volta do corpo dele e o segurou, arfando. Viu que o braço esquerdo estava pressionado contra as costelas. Uma poça de sangue se formou embaixo dele.

– ... ara ... cabana! Voltem ... ca.. na! ... Vamos bus... ajuda! – ouvia, do lado oposto do rio, de onde Rafael gritava e gesticulava.

– Você não tinha um rádio? – Eduarda perguntou a Gabriel, que recostara nela, ofegante, pálido.

– A correnteza... levou...

Rafael sumiu do outro lado, junto com Lucas e Cristina. Maria Eduarda olhou em volta, ainda segurando Gabriel com força contra si. Tinham de voltar para a cabana, mas ele não parecia ter condições de andar. O ruído da água era aterrorizante. A floresta também fazia muito barulho, mas percebeu que eram gotas grossas de chuva contra as folhas. O céu se tornara cinza chumbo.

CAPÍTULO 2

A tempestade martelava as árvores. O barulho da água e o estrondo do rio eram ensurdecedores. Maria Eduarda abraçava Gabriel com força, com medo de se mover, de falar, de pensar que ele pudesse estar morto. Precisavam se afastar alguns metros para trás, pois a inundação estava se aproximando de seus pés. Mas ele estava imóvel; a respiração, imperceptível.

Eduarda fechou os olhos e respirou fundo, enquanto apertava a mão contra o peito dele para tentar sentir seu coração.

– Temos... de sair... daqui... – Gabriel disse, de repente.

– Graças a Deus – ela deixou escapar, aliviada. – Você consegue se levantar?

Ela se ergueu ao sentir o impulso dele para frente. Gabriel conteve a respiração e soltou um gemido rouco ao se apoiar na perna esquerda. Ele precisou se escorar em Maria Eduarda para conseguir dar um passo, dobrando-se sobre as costelas, pressionando o ferimento com a mão cruzada sobre o abdome.

A camisa estava ensopada de sangue nas costas. Maria Eduarda sentiu uma desagradável tonteira.

– Me ajuda... – ele murmurou, pálido.

Procurando disfarçar o mal-estar, ela tirou a mochila das costas dele e colocou nas suas. Os dois deram meia dúzia de passos juntos até atingirem uma distância segura da água. Depois, ele se ajoelhou e se escorou num tronco.

– Droga... – sussurrou, recostando a cabeça na superfície áspera da madeira.

– Temos de voltar para a cabana, Gabriel – ela falou, preocupada.

– Não vou conseguir andar tanto... desse jeito – ele falou, entre os dentes. A chuva descia pelo seu rosto, pingava das pontas curtas de seu cabelo, escorria até o pescoço. – Tem um kit... na mochila...

Não foi preciso explicar mais. Ela não demorou para localizar o kit de primeiros socorros. Depois, se aproximou e levantou a camisa rasgada para ver o ferimento nas costas, entre o quadril e a primeira costela. Encontrou uma perfuração, de onde o sangue brotava profusamente.

– Aperta com força...

Maria Eduarda sentiu o cérebro gelar. Sua garganta estava seca, as mãos trêmulas. Abriu o plástico da gaze e a desenrolou, fazendo uma dobra quadrada. Não seria suficiente, pensou, com um frio no estômago. Mas era só o que tinham. Pressionou a gaze contra o buraco, sentindo o sangue quente escorrer por entre seus dedos. Ele conteve um gemido abafado e apertou os olhos.

– Deve ter alguma costela quebrada – ela disse, aflita.

Ele não respondeu, os olhos apertados, certamente tentando controlar a dor.

Maria Eduarda sabia que precisava estancar o sangramento. Tornou a abrir a mochila, em busca de algo que servisse como bandagem, e encontrou uma camisa de flanela. Não era o ideal, mas se conseguisse envolver a camisa em torno do corpo, faria mais um anteparo.

– Gabriel – falou – levanta um pouco. Anda, vamos lá – disse, enquanto dobrava a camisa como uma tira única e tentava passá-la entre ele e a árvore onde recostara. – Anda, me ajuda a te ajudar, levanta um pouco, por favor...

– Me deixa aqui... você tem de ir... antes que... – ele murmurou.

– Sem chance – ela cortou. – Vamos lá, levanta.

Gabriel se moveu com dificuldade para deixar que ela enrolasse a camisa. Gemeu alto quando Maria Eduarda atou as mangas com força. Em alguns segundos, o tecido cinza-claro estava escuro, encharcado de sangue. Ele ergueu a cabeça e deu um impulso para ficar de pé. Mais uma vez, precisou se escorar nela.

– Vamos... – murmurou, tentado se firmar. – Vai escurecer... e esfriar.

Ela o segurou pela cintura, sobre a bandagem. Gabriel colocou a própria mão sobre a dela. Depois a encarou. Um esboço de sorriso surgiu, inesperadamente, por trás da expressão de dor.

– Você é muito... corajosa.

Aquela súbita demonstração de bom-humor foi um bálsamo

naquele momento. Por um segundo, Maria Eduarda teve certeza de que conseguiriam chegar e daria tudo certo.

A certeza durou esse segundo. Diante deles, a floresta densa não tinha fim. O rio engolira a margem, impedindo uma caminhada mais suave. Tinham levado três horas para chegar até ali, em perfeitas condições de tempo e saúde. Sob a chuva torrencial e com Gabriel se esvaindo em sangue, a perspectiva era tenebrosa.

* * *

Apesar de mancar e caminhar com dificuldade, Gabriel prosseguia sem se deter. Maria Eduarda estava determinada a chegar à cabana a qualquer preço. Tentava esquecer o cansaço nas pernas, as costas doloridas pelo peso da mochila e do corpo dele contra o seu. Seguiam num ritmo uníssono, movendo-se como se fossem um só.

A tempestade continuava a castigar a floresta e, como Gabriel dissera, estava escurecendo e esfriando. A camiseta fina de malha havia grudado em seu corpo e, quando o vento os atingia, calafrios percorriam sua pele.

Ao seu lado, Gabriel continuava quieto, respirando pesadamente em seu pescoço. Podia sentir que a febre já estava alta o suficiente para senti-la através da roupa. Tentou conferir as horas, mas a sombra do entardecer não permitiu. Pelos seus cálculos, devia ser mais de quatro da tarde.

A cabana não podia estar longe, pensou consigo mesma.

– O que foi essa enxurrada? – Maria Eduarda indagou, tentando distrair Gabriel, que estava quase se arrastando.

Ele ergueu a cabeça.

– Não sei... a represa... a uns trinta quilômetros... deve ter estourado... – murmurou.

– Ainda estamos longe da cabana? – ela perguntou, apreensiva.
– Como você está?

Ele se deteve por um momento e apontou para algo. Maria Eduarda distinguiu a construção entre as árvores e suspirou, quase chorando. Ele deu mais um passo.

– Vou ficar bem...

O curto trajeto de onde estavam até a porta pareceu mais longo do que a travessia que haviam feito até agora. Depois que subiram as escadas de madeira, Gabriel a soltou e se escorou na parede. Desenganchou o chaveiro pendurado no cós da calça, parcialmente enfiado no bolso, e o estendeu.

Maria Eduarda não teve dificuldade para abrir o cadeado. Entraram e ela largou a mochila dele no chão, passando novamente o braço em torno de seu corpo para sustentá-lo.

– Tem um quarto... – ele falou, se apoiando na mesa. – Pega... o rádio...

Os dois estavam encharcados. A chuva continuava caindo com força, e o abrigo lhe pareceu um hotel cinco estrelas. Havia uma mesa e um rádio de comunicação de longo alcance, moderno e em bom estado. Gabriel pegou o aparelho e ajustou a frequência.

– Aperta aqui... – murmurou, pressionando um botão. Seus lábios estavam sem cor.

– Gabriel!

Ambos ouviram a voz preocupada vindo do rádio, num tom metálico.

Gabriel ergueu o aparelho.

– Estou aqui... – respondeu.

Ainda sem saber direito o que fazer, Maria Eduarda procurou o interruptor de luz, que acendeu a lâmpada amarelada e fraca do teto. A iluminação permitiu a ela ver o estado do instrutor. Do lado esquerdo do corpo dele, da cintura para baixo, escorria uma poça de sangue misturado com água da chuva. Gabriel estava muito pálido. Ouviu-o responder a algumas perguntas. Ele não descrevia com precisão a gravidade do ferimento. Pedia que viessem, mas dizia que estava bem.

Maria Eduarda tirou o rádio da mão dele e disse, nervosa:

– Ele não está nada bem! Ele continua perdendo muito sangue. Pelo amor de Deus, venham logo, mandem um médico!

Gabriel nem sequer contestou quando ela lhe tomou o rádio. Seguiu, mancando, em direção ao quarto. Ela o viu sumir no interior da cabana, depois voltou sua atenção para o que a pessoa do outro lado dizia:

– Maria Eduarda, fica calma. Meu nome é Zé. O Rafael está aqui. Vamos chegar aí o mais rápido possível, mas talvez a gente só consiga passar amanhã. A inundação destruiu um trecho da estrada, vamos pegar um desvio. Como ele está? O que aconteceu?

De repente, toda a sua bravura e coragem se esvaíram. Queria chorar de desespero. As lágrimas desceram pelo seu rosto, grossas e quentes.

– Mal! Está sangrando há horas! Vocês têm de vir logo!

– Calma – Zé falou, firme e seguro. – Como é o ferimento?

– Ele está com um buraco nas costas. Não dá pra saber se atingiu algum órgão, mas ele está perdendo muito sangue. Eu fiz uma bandagem, mas não é suficiente.

Zé ficou em silêncio por alguns segundos. Depois continuou, apreensivo.

– Vamos mandar um médico. Tem um kit de primeiros socorros na cabana. Não é muita coisa, mas vai ajudar. Não tira a bandagem, coloca o que puder sobre ela. Tente manter o Gabriel acordado e aquecido. Não deixa ele dormir. Se ele entrar em choque... Não deixa ele dormir. Entendeu?

– Entendi. O carro está aqui na porta. Eu posso dirigir...

– Não! A estrada foi destruída. Fiquem aí. Vamos chegar o mais rápido possível. Quero que me chame a cada quinze minutos, certo?

– Está bem – ela disse, respirando fundo. – Vou reforçar a bandagem.

E desligou. *Entrar em choque*, pensou. Já tinha visto isso em filmes. Sentiu o estômago se contrair. Largou o aparelho e correu até o quarto.

O cômodo era pequeno, com apenas uma cama de solteiro, uma cadeira, uma mesinha ao lado e um fogão a lenha redondo que parecia uma peça do século passado. Gabriel se deitara na cama, apertando com força o ferimento.

– Gabriel – Maria Eduarda chamou, pousando a mão sobre a dele. A febre estava alta. Uma lágrima escorreu de seu olho, mas engoliu o choro para falar. – Gabriel, acorda. Fala comigo.

Ele obedeceu.

– Eu não vou dormir... nem entrar em choque... – ele murmurou, piscando pesadamente.

Maria Eduarda se sentou sobre a cama, ao lado das pernas dele. A camisa que amarrara em torno de seu corpo estava encharcada. A única peça de roupa seca ao redor era a toalhinha que ficara junto com os outros objetos inúteis que deixara na cabana. E era só o que tinha. Buscou-a na sala e a colocou sobre o ferimento. Mais uma vez, sentiu a mão dele sobre a sua.

– Obrigado...

Era a primeira vez que Gabriel falava com ela de forma suave. Devia ser a febre. Seus olhos a encararam sob as pestanas semicerradas.

– Eu é que agradeço. Se não fosse você, eu teria rolado rio abaixo – ela disse, com um toque de humor.

Ele sorriu e seu rosto, abatido e pálido, adquiriu um calor inesperado. Eduarda, sem perceber, apertou a mão dele.

– E eu estaria... – ele disse, movendo-se de lado e fazendo uma careta de dor – ... agarrado àquela pedra. Você... foi incrível...

Ela sorriu de volta.

– Onde fica o estojo de primeiros socorros?

– No armário da sala...

Maria Eduarda foi buscá-lo. Não teve dificuldade em localizar a caixa de sapatos com uma cruz vermelha na tampa. Dentro, encontrou mais gaze, remédios, curativos, esparadrapo. Não eram coisas muito úteis naquelas circunstâncias. Precisava fazer algo que diminuísse o sangramento. Voltou para o quarto, trazendo a caixa, de onde tirou outro pacote de gaze.

– Consegue se virar um pouco?

Ele obedeceu, prendendo a respiração. Além do ferimento, havia um hematoma enorme sobre as costelas. Alguma delas devia estar quebrada. A imagem da parede de água que o atingiu e o derrubou voltou à sua mente. Gabriel deve ter caído de costas sobre um toco de árvore, um galho partido ou coisa parecida.

Maria Eduarda procurou se manter sob controle e colocou mais uma camada de gaze sobre a camisa. Quando voltou à posição anterior, Gabriel a encarou.

– Em que... você... trabalha? – indagou, piscando com força. As gotas de suor causadas pela febre alta escorreram sobre seus olhos.

Maria Eduarda se ergueu para tirar as botas dele. Desatou as duas e tirou as meias ensopadas.

– Tecnologia de computação – respondeu. Depois, abriu o armário do quarto. Achou um cobertor velho, pesado. – O ideal era você tirar essa roupa molhada, não acha?

– Não dá – Gabriel murmurou, a respiração entrecortada.

– É sério. Não vai adiantar cobrir você, pois o cobertor vai ficar encharcado.

Ele não disse nada por alguns momentos. Em seguida, tentou soltar o cinto com a mão tingida de sangue. Maria Eduarda a afastou, com delicadeza.

– Deixa que eu faço isso.

Ela ficou feliz com o fato da luz fraca do quarto não permitir que Gabriel pudesse vê-la, pois seu rosto enrubesceu. Soltou o cinto e abriu o zíper da calça. O tecido molhado pesava o dobro e grudava. Teve de fazer força para puxá-la. O movimento brusco o fez conter um grito de dor. Maria Eduarda o cobriu depois de deixar a calça no chão, ao lado da cama.

– Deve ter... toalha... no banheiro... – ele disse, entre os dentes, os olhos apertados com força outra vez, enquanto tentava colaborar ao máximo para permitir que ela tirasse sua camisa.

Antes que pudesse buscá-la, ela ouviu um ruído no rádio.

– Maria Eduarda. Você está aí?

Ela correu até a sala.

– Oi. Estou aqui. – falou, no rádio.

– Como ele está?

– Está com febre alta, respira mal, mas está consciente. Acho que tem algumas costelas quebradas também. Vão mandar um médico? – indagou.

– Vamos tentar passar ainda hoje. Acenda o aquecedor no quarto, a temperatura vai cair muito. A lenha fica do lado de fora da cabana.

– Vou fazer isso. Eu ligo em quinze minutos.

– Te aguardo.

Maria Eduarda deixou o rádio sobre a mesa e olhou, através da janela, para a varanda protegida da chuva. Encontrou os tocos de madeira secos. O problema era conseguir fazer fogo. Entrou com a lenha nos braços.

– Gabriel, me diz como eu acendo o fogo – disse, depositando-a no chão, ao lado do forno antigo. Abriu a portinha do fogão de ferro. Havia um punhado de cinzas no interior.

Não houve resposta.

Maria Eduarda sentiu o estômago contrair. Voltou para perto dele e o sacudiu.

– Gabriel, por favor, acorda – pediu.

Ele abriu os olhos.

– Estou... acor... – começou a dizer, mas seus olhos tornaram a se fechar.

Em pânico, Maria Eduarda o sacudiu.

– Gabriel!

Não houve resposta desta vez. O corpo dele estava frio e tremia. Suor gelado escorria pelo peito. Ela correu para a sala e ligou o rádio.

– Zé! Zé! – chamou, a voz embargada pelas lágrimas.

Ouviu um chiado do outro lado.

– O que foi?

– Ele está gelado! Estava com febre, agora está gelado! Está em choque, pelo amor de Deus, vocês têm que mandar alguém, têm que mandar alguém, pelo amor de Deus...

– Maria Eduarda, eu preciso que você fique calma – ouviu Zé dizer, firme e controlado. – A equipe médica está a caminho. Mantenha ele aquecido. Estamos a caminho.

– Está bem... – ela disse, engolindo o choro. Passou a mão no rosto para enxugar as lágrimas. – Ele não vai aguentar muito tempo...

– Vai sim – Zé falou, com segurança. – O Gabriel é forte. Ele vai aguentar. Vai dar tudo certo. Ouviu?

– Quanto tempo? – ela perguntou.
Houve um silêncio do outro lado da linha.
– Estão a caminho – ele reafirmou.
Eduarda entendeu que, talvez, não fosse possível chegar a tempo. Mas não havia nada que pudesse fazer. Ela respirou fundo algumas vezes.
A voz segura de Zé retornou:
– Estou aqui, se precisar. Não vou sair daqui, entendeu? Estou com vocês. Vai dar tudo certo. Ouviu? Vai dar tudo certo.
Maria Eduarda assentiu.
– Sim. Vai dar tudo certo.
Depois, voltou para o quarto. Tinha a impressão de que Gabriel estava morto. Seu rosto havia adquirido um tom ainda mais pálido; a respiração se tornara imperceptível. Maria Eduarda segurou seu pulso. Os batimentos estavam fracos, mas conseguiu senti-los.
Precisava aquecê-lo. Enfiou a lenha no fogão e saiu em busca de álcool, querosene, fósforos. Estavam sobre um aparador debaixo da janela. Só conseguiu que o fogo firmasse na quarta tentativa, queimando um pouco de jornal que encontrou na sala. Quando estava alto o suficiente, tirou as próprias roupas. Lembrou-se da toalha do banheiro e enrolou-se nela. Depois, se deitou ao lado de Gabriel, passou os braços em torno de seu corpo, envolveu-o com a toalha sob o cobertor. Seu próprio calor o aqueceria, além do fogo.
Recostou a cabeça em seu peito. Sentiu os músculos rígidos dele contra seus braços e fechou os olhos. Não tinha religião. Não acreditava em nada. Mas naquela hora, seu pensamento se concentrou em uma prece. Repetiu o Pai Nosso que costumava recitar quando era criança. Pediu que o socorro chegasse a tempo. Pediu a algo, ou alguém, que o salvasse. Ficou murmurando a prece sob os lábios, concentrada, até que um calor morno a envolveu.

CAPÍTULO 3

Rafael dirigia como um louco, cortando a trilha pelo meio das árvores, as rodas deslizando nas poças de lama. Ele havia chegado à cabana com a esposa, Luísa, médica do pequeno hospital próximo à cidade onde o casal e Gabriel moravam, e João Antônio, um dos técnicos de escalada que acompanhava *Os Anjos* nos passeios.

Os três adentraram a casa, despertando Maria Eduarda com um tropel de botas explodindo no assoalho. Enquanto Eduarda se vestia, Luísa trabalhava para estabilizar a pressão de Gabriel o suficiente para tentarem chegar ao hospital, onde ele precisaria de antibióticos e de uma transfusão de sangue com urgência. Em seguida, os dois homens o carregaram até o carro e o colocaram recostado em Maria Eduarda. Luísa segurava o soro atado ao braço dele, sentada no bagageiro da picape.

A velocidade com que Rafael dirigia e o silêncio de Luísa deixavam Maria Eduarda apreensiva. Havia trocado poucas palavras com eles, mas se sentia em boas mãos. Gabriel continuava inconsciente, deitado em seu colo. De repente, teve a sensação de que o conhecia há muitos anos, uma impressão de familiaridade que a fez fechar os olhos e rezar, mais uma vez, para que chegassem a tempo.

Assim que passaram por uma ponte, João Antônio sacou o celular e avisou que estavam próximos. Perguntou pelos voluntários e passou para Luísa a informação de que já havia amigos da cidade doando sangue. Haviam formado uma corrente e outras pessoas estavam a caminho.

Quando a caminhonete parou na porta do hospital, uma pequena multidão a cercou. O tumulto foi tamanho que Rafael saltou para acalmar e afastar as pessoas, de forma a abrir espaço para a maca se aproximar. Gabriel foi retirado do seu colo com cuidado e Maria Eduarda sentiu um aperto no coração. Saltou para acompanhá-los, mas Luísa entrou no prédio correndo, deixando para trás um rastro de exclamações e olhares consternados.

De repente, todos se voltaram para ela, como se tivessem combinado, e começaram a bombardeá-la com perguntas. "*O que aconteceu?*"; "*Como ele conseguiu sair do rio?*"; "*Como vocês chegaram até a cabana?*"; "*Há quanto tempo ele está desacordado?*"

Maria Eduarda olhou para aquela multidão de rostos estranhos, preocupados, e tentou explicar o que tinha acontecido, mas, de repente, uma voz feminina sobrepôs à sua:

– Deixem a moça em paz! Pelo amor de Deus, ela deve estar exausta.

Uma senhora de cabelos brancos, compridos e divididos ao meio, com um rosto que conservava os traços de uma mulher de beleza serena, destacou-se no meio da confusão. Ela segurou o braço de Maria Eduarda e a encaminhou para um fusca prateado, que devia ter, no mínimo, vinte anos.

– Vou te levar para o hotel. Você deve estar querendo tomar um banho e dormir um pouco.

Maria Eduarda estava, de fato, exausta, mas não queria sair enquanto não tivesse notícias de Gabriel.

– Não... Quero dizer, sim, estou, mas eu tenho que saber como ele está...

A senhora a encarou.

– Ele está em muito boas mãos e não há nada que eu ou você possamos fazer. Assim que Luísa tiver novidades, não se preocupe, ficará sabendo. Não tem ninguém nesta cidade que não esteja preocupado com ele. Agora, precisamos nos preocupar com você. Há quanto tempo não come?

De fato, estava sem comer há muito tempo. Perdera a noção das horas. Despertara com a entrada de Rafael e Luísa e nem sequer lhe ocorrera consultar o relógio. Verificou as horas: eram 5h30 da manhã. O dia nem clareara ainda. À sua volta, via olhares penalizados sobre ela, ouvia comentários sussurrados: "*Está confusa.*"; "*Um pouco desorientada, talvez.*"; "*Coitada, que barra!*"; "*Esse sangue é do Gabriel.*"

Não havia reparado que sua camiseta estava grudada no corpo, ensopada de sangue, que também tingia seus braços e mãos. As lágrimas transbordaram. Lembrou-se de Gabriel murmurando *"Estou... acordado..."* antes de fechar os olhos. E se ele morresse?

– Vamos, filha, vem comigo – a senhora murmurou, puxando-a gentilmente em direção ao carro.

– Eu preciso saber como ele está – Eduarda retrucou, aflita.

A senhora a segurou pelos dois braços e a encarou, séria.

– Você fez tudo o que podia, Maria Eduarda. Agora, confie em Deus. Confie nas tuas preces. Ele vai ficar bom.

Maria Eduarda arregalou seus olhos de esquilo, a boca entreaberta, sem saber direito o que dizer. Como ela podia saber? Nunca rezara daquele jeito na vida. Como ela podia saber? Deixou-se levar e entrou no carro. A senhora sentou no lugar do motorista e se voltou para ela.

– Meu nome é Rosa. Sou madrinha do Gabriel.

Depois, deu partida e seguiu em direção ao hotel.

***

Dois dias depois de Gabriel chegar ao hospital, Rosa levou Maria Eduarda até lá em seu fusca prateado. Luísa estava saindo do quarto, vestindo um jaleco branco sobre a calça jeans, com um estetoscópio pendurado no pescoço. Sorriu ao vê-las.

– Mamma Rosa – murmurou ao abraçar a madrinha de Gabriel, afetuosamente. Depois se voltou para Maria Eduarda. – Como você está? Conseguiu descansar?

Maria Eduarda assentiu, sorrindo de volta.

– Sim, obrigada. E o Gabriel?

Luísa suspirou.

– Vai se recuperar. O ferimento é profundo, mas não atingiu nenhum órgão. O problema foi a perda de sangue.

– A Mamma Rosa me falou. Eu estava muito aflita, mas ela explicou que ele não podia receber visitas. Você acha que ainda há risco de infecção?

– Risco sempre existe e ele ainda está com febre, mas os antibióticos vão resolver isso. Você teve muita presença de espírito.

Constrangida, Maria Eduarda não disse nada. Rosa ergueu uma sacola.

– Eu trouxe algumas coisas. Ele está acordado? – indagou, se aproximando da porta.

Luísa se adiantou e abriu-a para ela.

– Ele está te esperando. Quer falar com você também – falou, dirigindo-se a Maria Eduarda.

Seu estômago contraiu de nervoso. Sentiu-se tímida, de repente. Queria muito vê-lo, mas perdeu a coragem. Não seguiu Rosa quando ela entrou no quarto. Luísa percebeu sua hesitação.

– Você salvou a vida dele – murmurou, chegando mais perto. Passou o braço em torno de seus ombros e a abraçou. – Obrigada.

Ainda mais sem graça, Eduarda abaixou os olhos. Ia dizer qualquer coisa para encerrar o assunto desconfortável quando Rosa ressurgiu e a chamou.

– Ele quer te ver.

Eduarda entrou no quarto tentando não fazer barulho com os saltos. Viu que Gabriel observava seus movimentos com atenção. Estava recostado nos travesseiros, sem camisa. Uma bandagem larga envolvia seu corpo em torno das costelas. Rosa ficou do lado de fora. Deixara a sacola sobre o sofá.

Os dois permaneceram em silêncio por alguns momentos. Maria Eduarda ficou aliviada ao reparar que ele havia recuperado a cor e a encarava com intensidade. Tinha escoriações nos braços e um arranhão vermelho no rosto que ela não tinha reparado antes.

– Como você está se sentindo? – perguntou, intimidada com o olhar dele.

– Melhor... – ele disse, em voz baixa. Ajeitou-se nos travesseiros e a expressão se contorceu. Devia doer quando se movia. A respiração ficou mais agitada e os músculos delineados de seu peito se contraíram. – Desculpe por estragar seu passeio.

Eduarda sorriu e seu corpo, involuntariamente, se moveu em direção à cama. Era como se estivesse sendo atraída para junto dele.

Resistiu e parou onde estava. Uma proximidade maior não seria apropriada. Enquanto travava um diálogo interno consigo mesma para resistir aos próprios impulsos, Gabriel falou:

— Muita gente teria entrado em pânico no seu lugar. — A voz soou firme e ele estendeu a mão para ela. — Você foi muito corajosa.

Diante daquele gesto, Maria Eduarda não pôde mais se conter. Aproximou-se e segurou a mão dele. Estava quente, tão quente quanto na cabana. Sentou-se junto às pernas de Gabriel, cobertas pelo lençol.

— Só fiz o que qualquer um faria — respondeu, sem conseguir desviar os olhos de seu rosto. Reparou gotículas de suor cobrindo sua testa. — Na verdade, eu estava apavorada.

Foi a vez de ele sorrir. As pestanas longas pesaram sobre os olhos claros que a encaravam, brilhantes de febre.

— Eu também. Não teria conseguido sair do rio sozinho.

— Se você não tivesse se preocupado em me tirar do caminho da água, teria conseguido se segurar. O herói aqui é você — ela falou, sorrindo.

— Você entrou no rio e enfrentou a correnteza, Maria Eduarda. Não tem ideia do quanto se arriscou — ele retrucou, sério. — Acho que não tem *mesmo* ideia... — completou, como se a avaliasse.

Ela pousou a outra mão sobre a dele.

— Se eu tivesse dimensionado o risco, não teria entrado. Sorte sua que sou impulsiva — disse, com um toque de humor.

— Teria sim — ele murmurou sob os lábios, interrompendo-a. — Teria me carregado nas costas até o Rio de Janeiro, se fosse preciso.

De repente, uma onda de emoção emergiu em seu peito e quase fez Maria Eduarda soluçar. Gabriel percebeu, pois apertou mais sua mão. Ela respirou fundo, engolindo as lágrimas, enquanto desviava o olhar para a parede à sua frente.

— Quanto tempo vai ficar na cidade? — Gabriel indagou.

— Não sei. Algum tempo...

Uma enfermeira abriu a porta e o estalo da maçaneta fez Maria Eduarda dar um pulo de susto na cama. Era uma mulher pequena, magra, cujo uniforme parecia duas vezes maior do que o seu número. Trouxe uma bandejinha com uma injeção e uma ampola de remédio, que injetou no soro.

– Ele tem de descansar – falou para Eduarda, depois de terminar o trabalho.

– Claro – ela respondeu, descendo da cama.

A enfermeira retornou para a porta, com passos rápidos, e a fechou atrás de si. Gabriel, no entanto, não soltou sua mão.

– Quero te ver quando sair daqui.

Maria Eduarda se voltou.

– Vou estar te esperando – murmurou, deixando a mão dele deslizar da sua e, ao mesmo tempo, querendo continuar a segurá-la. Seu peito estava ardendo, o coração acelerado. Queria ficar com ele, cuidar dele. – Descansa – falou, antes de sair.

***

A cidade inteira estava reunida na casa de Mamma Rosa para o retorno de Gabriel. Maria Eduarda ajudava a pôr a mesa, trazendo pratos e talheres, enquanto a madrinha terminava de preparar seu famoso risoto de frango.

Eduarda estava encantada com a movimentação alegre dos amigos de Gabriel, que pareciam se multiplicar a cada quinze minutos, com pessoas chegando e trazendo pratos quentes, saladas e bebidas para a comemoração. Pareciam se conhecer há muito tempo e agiam como se Maria Eduarda fosse uma amiga de longa data.

A população local a havia acolhido afetuosamente. Enquanto estivera hospedada no hotel, sempre havia alguém se oferecendo para levá-la para passear, para almoçar, para tomar café. Teve de repetir a história do acidente inúmeras vezes, relembrar cada detalhe, descrever como conseguira caminhar tanto tempo com Gabriel ferido daquele jeito. Era tida como heroína e tratada como se tivesse passado a fazer parte de uma grande família.

Ajeitou a braçada de flores do campo que Paula, irmã de João Antônio, havia trazido. As margaridas se misturavam com rosas coloridas, gérberas e crisântemos. Era um lindo arranjo. Depois, ficou admirando a mesa posta, pronta para a chegada de Gabriel.

Não se sentia bem assim há muito tempo. A última festa da qual participara tinha sido desastrosa. Lembrou-se de que estava junto a uma mesa de frios quando sua visão escureceu e, no momento seguinte, havia uma roda de colegas e estranhos debruçados sobre ela, estirada no chão. Era uma lembrança amarga, resultado do estresse que vinha alimentando desde que assumira a Gerência de Desenvolvimento de Novas Tecnologias.

Por outro lado, sentiu-se grata por esse incidente. Se não fosse por isso, não estaria aqui hoje, junto a essas pessoas, esperando por Gabriel.

O ruído áspero das rodas de um carro sobre o cascalho do jardim chamou sua atenção. Algumas pessoas correram em direção à porta, assoviando e gritando animadamente. Observou, da janela, os amigos cercarem o veículo enquanto Gabriel saltava devagar, o braço esquerdo pressionando as costelas, a camisa deixando entrever o curativo branco que envolvia seu corpo. Cumprimentava cada um deles, ora abraçando-os, ora apertando suas mãos.

Rafael saltou junto com Luísa, que trazia sua mochila nas costas. Os três entraram em casa e foram recebidos por Mamma Rosa, que havia deixado a cozinha para encontrá-los. Ela abraçou o afilhado e Luísa se adiantou.

– Repouso, Gabriel. Ouviu? – a médica falou. – Eu te dei alta para terminar de se recuperar em casa, mas não abusa.

Gabriel entrou, mancando, apoiando-se na madrinha, que o envolvera pela cintura. O resto dos amigos o seguiu, cercando os dois, enquanto Rafael saía novamente para buscar alguém na rodoviária.

Ele andava com dificuldade, o maxilar contraído. Ao erguer os olhos, se deparou com Maria Eduarda.

– Oi – falou, sorrindo, enquanto dava mais alguns passos para dentro. – Que surpresa!

Ela foi até ele.

– Eu disse que ia te esperar – retrucou. – Quem bom te ver de pé. Como está?

– Bem – ele respondeu. Moveu o braço para se soltar da madrinha, que queria levá-lo para o quarto, com uma expressão de dor. – Vou ficar aqui na sala, tia... – falou, a voz abafada contendo um gemido.

Maria Eduarda fez menção de segurá-lo, mas ele se firmou.

– Ainda dói muito? – ela indagou.

– É... dói – ele respondeu, se escorando no encosto de uma poltrona e se sentando nela, em seguida. – Mas está tudo bem.

O curto trajeto do carro até o interior da casa já significava um grande esforço para quem havia sofrido uma parada cardíaca por causa da perda de sangue. Eduarda só ficara sabendo deste detalhe naquele dia, quando Mamma Rosa contara o episódio ao pai de Gabriel, pelo telefone, quando conseguira finalmente localizá-lo.

Eduarda ia se juntar ao grupo que se sentou à volta da poltrona quando a irmã de João Antônio, uma moça esguia e magra como uma modelo, de vinte e poucos anos, cruzou a sala correndo, cortando à sua frente. Sem cerimônia alguma, se acomodou no colo de Gabriel e passou o braço em seu pescoço, abraçando-o. Gabriel a envolveu com o braço direito, sob os protestos do irmão.

– Cuidado, Paula! Não está vendo que ele... – exclamou o João. Os dois tinham cabelos pretos, ondulados, na altura dos ombros, e eram da mesma altura.

Gabriel fez um gesto com a mão, para que a deixassem em paz. Depois de abraçar a jovem, ele a encarou.

– Está tudo bem.

Paula secou os olhos com as costas da mão.

– Eu pensei que não ia te ver nunca mais... – e tornou a abraçá-lo.

Diante daquela cena, Maria Eduarda teve vontade de ir embora. De uma hora para outra, toda a familiaridade com a casa, com aquelas pessoas, com ele, se desfez. Sentiu-se uma estranha. Ficou em volta da mesa, olhando Paula entrelaçar os dedos entre os cabelos grisalhos de Gabriel e, em seguida, beijá-lo de leve nos lábios.

Maria Eduarda não ficou para ver o resto. Encaminhou-se para a cozinha, que havia esvaziado, pois todos tinham se mudado para a sala, e ficou ali, em frente ao fogão, respirando profundamente várias vezes. Não tinha qualquer motivo para semelhante reação de sua parte, mas não conseguia disfarçar o desapontamento.

Alguém entrou e se postou às suas costas.

– O cheiro está delicioso! Ah, o risoto da Mamma... ***hummm***, delícia...

Era João Antônio. O rapaz, alto e forte como um lenhador, tinha um rosto de menino. Os olhos muito pretos a encararam.

– Já está pronto?

– Acho que sim – ela respondeu.

Ele se encaminhou até a geladeira, de onde tirou uma cerveja.

– Quer?

Maria Eduarda assentiu e ele lhe estendeu a latinha.

– Obrigada. A sua irmã e o Gabriel são namorados? – ela perguntou, num tom casual, desinteressado.

João Antônio recostou na porta da geladeira e deu um gole na cerveja. Depois cruzou os braços.

– Eles namoraram uns seis meses. Hoje são só amigos. Mas ela, às vezes, se esquece disso.

– Eles ainda se gostam?

– Ela gosta.

– E ele, não?

– Não sei, acho que não. Se ele gostasse, os dois ainda estariam juntos.

Maria Eduarda reparou que o rapaz a observava com interesse. Passou a mão na nuca, desconfortável. Queria perguntar mais, mas levantaria suspeitas.

– Você não tem experiência com escaladas, tem?

A pergunta a pegou de surpresa. Lembrou-se do que dissera na operadora, ao contratar *Os Anjos* para fazer o passeio. Não chegara a mentir sobre suas habilidades, mas agora via o quanto tinha exagerado.

– Bem, eu não diria que tenho, mas achei que podia fazer o passeio.

– Aquela escalada não é para principiantes. O Lucas e a Cristina, o casal que estava com vocês, disseram que o terreno estava *mega* difícil. Quando o Rafael chegou na cidade contando o que tinha acontecido... cara... – ele falou, sombrio. Depois, sacudiu a cabeça para os lados. Tomou mais um gole da cerveja. – A gente nunca tinha visto isso antes. O reservatório de São José rompeu e causou a enxurrada. O Gabriel nem tava querendo subir naquele dia.

– Por minha causa? – indagou Maria Eduarda, curiosa.

– Não. Ele é assim. Sabe quando alguma coisa ruim vai acontecer. Quando eu era pequeno, ele me tirou de um poço. Eu tinha caído e sabia que ninguém ia me achar. O Gabriel sentiu e foi atrás de mim.

A curiosidade e a estranheza de Maria Eduarda aumentaram exponencialmente. Não acreditava nessas coisas. Tinha jeito de mito, e Gabriel, com certeza, era uma figura importante para o rapaz.

– Como assim, *sentiu*?

– Sentiu. Ele sabia que tinha acontecido alguma coisa comigo e foi me procurar. Logo me acharam. No dia da enxurrada, ele tava com aquele jeito estranho. Ele sente, mas às vezes não leva a sério, só fica estranho, quieto. Chegou a dizer que não queria ir, mas o Rafael insistiu. Não queriam furar com vocês e a trilha estava segura.

Maria Eduarda se deu conta de que estava com a boca aberta, pasma. Lembrou-se de que Gabriel, de fato, estava estranho e hesitante no princípio da escalada. Mas, com certeza, era por causa do tempo, que havia virado. Achou aquela história um tanto absurda.

– Você não acredita nessas coisas, né? – indagou João Antônio, se aproximando dela.

– Desculpe, não – ela respondeu, sorrindo, tentando não soar antipática.

– Esse povo da cidade acha que tudo é folclore. Vem pra cá só pra curtir a adrenalina. Foi atrás disso que você veio?

Ele havia parado à sua frente. Maria Eduarda percebeu que havia mais do que curiosidade na pergunta do rapaz. Afastou-se do fogão e deixou a lata de cerveja sobre a pia.

– Na verdade, foi. Mas tem muita gente na cidade que acredita nessas coisas, João.

– E em que você acredita?

A voz masculina veio da porta, às suas costas. Maria Eduarda se voltou. Gabriel estava recostado no batente, o braço cruzado na frente do corpo, ligeiramente curvado.

– Cara, diz o que você quer e eu pego. Não pode ficar andando pra lá e pra cá! – exclamou João Antônio.

– Sua irmã está te esperando no carro.

O rapaz bateu com a palma da mão na testa.

– Ah, droga! Eu tenho de levar ela até a Serrinha. De lá, ela vai pegar uma carona pra São Paulo. Ela tem de fazer umas fotos amanhã – falou, rumando para a porta. – Tchau, Maria Eduarda. Tomara que esteja aqui quando eu voltar.

Eduarda se despediu com um aceno. Gabriel ainda a encarava, aguardando a resposta. Ela recuperou sua cerveja, para disfarçar.

– Ele tem razão, você não devia estar de pé – falou, dando um gole, depois pousando a lata sobre a pia outra vez.

– Fico feliz em ver que já está enturmada – ele disse. – O João é um garoto inteligente, habilidoso. Mas tem um fascínio pelas coisas da cidade...

– Coisas? – Eduarda indagou, notando o toque provocativo na voz dele.

– Coisas, pessoas...

Gabriel se desencostou da porta e caminhou até ela.

Maria Eduarda arregalou os olhos, surpresa e perturbada com a proximidade, ao mesmo tempo.

– Acha que ele está interessado em mim?

– Está interessada nele? – Gabriel perguntou de volta.

Antes que pudesse responder, Mamma Rosa entrou na cozinha, seguida por Luísa e duas outras mulheres.

– O que está fazendo, Gabriel? – exclamou, segurando o afilhado pelo braço. – A Luísa foi clara: você tem que ficar de repouso, não andando por aí. Ou volta para o sofá, na sala, ou vai para a cama.

Gabriel se voltou para ela.

– Senti o cheiro do risoto e não resisti – falou, sorrindo.

– Não faça eu me arrepender de ter te dado alta tão cedo – disse Luísa.

Os dois deixaram a cozinha, enquanto Maria Eduarda ficou para trás, intrigada com as palavras de Gabriel.

O almoço de boas-vindas se estendeu até o entardecer. Quando esfriou demais para ficar do lado de fora, todos entraram e se agruparam em torno da lareira. Um homem alto, corpulento, com uma barba espessa e uma farta cabeleira grisalha, adentrou a casa.

– E aí, rapaz! – exclamou, se dirigindo a Gabriel e apertando sua mão. – Que susto! Queria ter vindo antes, mas tive de ir a São José, buscar mantimentos. Como você tá?

Gabriel continuou apertando a mão dele, enquanto respondia.

– Pronto pra outra. Senta com a gente.

Mamma Rosa se levantou.

– Vou esquentar um prato pra você.

– Obrigado, Mamma – ele retrucou. Olhou em volta e localizou a única pessoa estranha do grupo. Apertou os olhos e apontou para ela. – Maria Eduarda, certo?

Eduarda assentiu, sorrindo.

– Eu sou o Zé – ele disse, se aproximando dela e a cumprimentando. – Grande garota!

Ela se ergueu, num impulso, para abraçá-lo. Ainda ouvia sua voz amiga e confortadora no rádio. Graças a ele, não havia entrado em pânico.

– Obrigada... – murmurou, feliz em conhecê-lo.

– Ora, eu é que agradeço por você ter salvado a vida desse rapaz! Afinal, o que seria dessa cidade se tivesse faltando um dos *Anjos*? E a nossa reputação, como ia ficar?

Todo mundo riu. Maria Eduarda também, sem entender direito a colocação. Zé, em seguida, foi atrás de Mamma Rosa, na cozinha. Gabriel havia se deitado no sofá, de frente para o fogo, as pernas estiradas. Ele fechou os olhos por alguns momentos, recostando a cabeça para trás. Luísa se levantou e fez um sinal para Rafael.

– Bem, gente. Vamos deixar o Gabriel descansar, já está tarde.

Maria Eduarda se voltou para ela.

– Se importa em me deixar no hotel?

– Claro que não. Me deixe apenas dar uma última olhada nele e a gente vai.

Aguardou enquanto Luísa se abaixou ao lado do sofá e pousou a mão sobre a testa de Gabriel. Depois, checou seu pulso. Murmurou alguma coisa para ele, que sorriu. Em seguida, foi até a cozinha, onde encontrou Mamma Rosa e Zé conversando.

– Mamma, ele ainda está com febre. Procure garantir que ele tome o antibiótico na hora certa. Ele tem de descansar, chega de agitação. Dê o antitérmico para a febre, mas, se subir mais ou ele sentir qualquer coisa, me liga.

A senhora veio abraçá-las. Antes de sair, Maria Eduarda foi até o sofá.

– Se cuida – falou para Gabriel.

A luminosidade da lareira coloriu o rosto dele com um tom alaranjado, seus olhos pareceram ficar transparentes. Ele estendeu a mão para ela, como havia feito no hospital.

– Te vejo amanhã – disse, em voz baixa.

CAPÍTULO 4

Maria Eduarda aproveitou o dia claro e ensolarado para caminhar na trilha em torno do hotel. O gerente havia lhe dado um mapa para chegar a uma pequena cachoeira. Andava por entre as árvores, imersa no som do vento nas folhas, dos grilos, atenta para cada ruído da floresta. Era um silêncio diferente, povoado de sons que pareciam amplificados à sua volta.

Ao se aproximar do riacho, detectou o barulho da queda d'água. Ali estava mais fresco do que na trilha e encontrou um poço cercado por pedras redondas tingidas de musgo verde e marrom, estames delicados de flores brancas miúdas, marias-sem-vergonha, árvores emergindo de espessos arbustos, raízes e troncos retorcidos. Era um cenário de filme.

Sentou-se em uma pedra e ficou apreciando a tranquila agitação da queda d'água, perturbada apenas pelos insetos que sobrevoavam o poço, reluzindo contra a luz do sol. Respirou fundo e fechou os olhos, erguendo o rosto em direção à luminosidade que atravessava as copas mais altas.

De repente, teve a sensação de estar sendo observada. Abaixou o rosto e, ao abrir os olhos, viu Gabriel do outro lado do poço, recostado em um tronco, olhando para ela. Levantou-se, surpresa.

– O que está fazendo aqui? – indagou, enquanto caminhava em direção a ele. – Você não devia...

– Essa cachoeira fica a dez minutos da casa da Mamma Rosa, mas poucas pessoas conhecem a trilha de lá até aqui – ele falou, interrompendo-a. – É um dos meus refúgios preferidos, fora da alta estação.

Maria Eduarda parou à sua frente, feliz por vê-lo ainda melhor do que o havia deixado, na noite anterior.

– Mas a casa da Mamma fica longe do hotel.

– São os segredos destas montanhas. As trilhas podem te levar até para outras dimensões – ele murmurou, com um sorriso enigmático, as mãos enfiadas nos bolsos da calça cáqui. A camisa de flanela cor de tijolo escondia o curativo. – Mas você não acredita nessas coisas, não é?

– Que coisas? Que você sabia que alguma coisa iria acontecer naquele passeio? – ela retrucou, provocativa.

Gabriel cruzou os braços.

– Eu interpretei mal minha intuição sobre aquele dia – ele respondeu, encarando-a meio de lado.

Maria Eduarda ergueu as sobrancelhas e afirmou:

– Então, você teve uma premonição. Sabia que alguma coisa ia acontecer.

– Sabia. Achei que conheceria alguém que mudaria a minha vida. Não costumo errar...

O estômago de Maria Eduarda se contraiu e suas faces ficaram quentes. Procurou manter a expressão inalterada, para que ele não achasse que ela se considerava a pessoa em questão. Continuou a encará-lo, disposta a entrar no jogo dele. Gabriel continuou.

— Só que, quando cheguei ao hotel, vi que não tinha a menor chance de estar certo.

O coração de Eduarda estava disparado. Suas mãos ficaram úmidas. Mas mantinha a máscara simpática que aplicara à expressão, apenas intensificando o olhar inquisitivo sobre ele.

Gabriel se desencostou da árvore e se aproximou. Parou bem perto do seu rosto.

— Não tinha chance... — murmurou, sob a respiração, sério, os olhos fixos em sua boca. — Mas você se deitou ao meu lado e senti o seu corpo contra o meu. Ouvi sua voz...

— Você estava inconsciente... — ela murmurou de volta, atordoada, como se tivesse sido capturada pelo campo magnético dele e não pudesse resistir.

— Foi como se eu te conhecesse... desde sempre... — ele continuou, os lábios tão próximos que roçaram nos dela, provocando uma corrente elétrica suave, que fez cada célula do corpo de Maria Eduarda vibrar.

Quando suas bocas se encontraram, ele passou o braço ao redor de sua cintura e a trouxe para ainda mais perto. A excitação provocada pelo beijo, pela proximidade, pelo cheiro dele foi tão intensa que Eduarda precisou se afastar ou sufocaria. Empurrou-o delicadamente, dando um passo atrás, recobrando o fôlego e tentando localizar dentro de si os mecanismos automáticos de defesa que normalmente entravam em ação diante de um perigo iminente. Onde estava seu autocontrole?

Gabriel não a impediu. Ficou observando Maria Eduarda dar outro passo para trás e se abaixar, em busca da mochila nova, recém-adquirida em uma das lojinhas da cidade.

— Acho que ainda estamos... — ela falou, erguendo-a nos ombros e abrindo um dos bolsos para buscar qualquer coisa que ocupasse suas mãos trêmulas — ... sob o impacto do acidente. É uma reação natural — concluiu, num tom casual, sem convicção.

— Está procurando seu celular? — ele indagou, tornando a cruzar os braços.

– Não – ela respondeu prontamente. Ele a estava julgando outra vez. – Eu perdi a mochila inteira naquela trilha, quando me empurrou, lembra?

– Desculpe. Não tive a intenção de estragar seus planos de trabalho. Espero que tenha conseguido remarcar a reunião.

Maria Eduarda ficou surpresa que Gabriel se lembrasse de sua conversa ao telefone minutos antes de a enxurrada atingi-lo. Na verdade, diferente do que seria sua reação normal, não telefonara novamente para sua assistente para esclarecer a situação que colocava seu cargo em risco. Nos últimos dias, só desejara descansar, conversar com aquelas pessoas, saber mais sobre Gabriel e viver ali como se nada mais importasse.

Seu silêncio o encorajou a se aproximar de novo.

– Não, não remarquei – ela falou, sem conseguir tirar os olhos dele, que veio lentamente em sua direção. – Não era tão importante.

– Parecia muito importante naquele momento – ele disse e se deteve a um passo dela. – Mas sei que esta cidade tem o poder de fazer a gente repensar nossas prioridades.

Ele sorriu, de repente. Seu rosto se iluminou. Um raio de sol incidiu sobre seu cabelo grisalho quando o vento moveu os galhos de uma das árvores, fazendo-o brilhar. O ruído das folhas sendo varridas no ar e os fachos cintilantes que desceram até o poço tornaram aquele momento irreal. Sentiu-se dentro de um sonho.

– A Mamma Rosa está me procurando. Não quero que fique preocupada – ele disse, de repente, olhando em direção à casa, como se a tivesse ouvido chamá-lo. – Hoje é aniversário do Rafael. Vamos nos reunir no bar do hotel para comemorar. Te encontro lá mais tarde.

Em seguida, ele deu meia volta e retornou para o meio da floresta, entrando por dentro de uma suposta trilha que Maria Eduarda não conseguiu distinguir. Deixou-a ali, parada, ofegante, lutando contra o impulso de segui-lo e beijá-lo outra vez.

* * *

Mais uma vez, a cidade se reuniu em torno dos *Anjos*.

Rafael e Luísa não conseguiam sair de perto da porta do bar do hotel, por onde entravam amigos e conhecidos. Pequenos grupos os cercavam em turnos. Enquanto isso, outro grupo cercara Gabriel, em torno da mesa em que se sentara, junto com João Antônio, Paula e Mamma Rosa.

Maria Eduarda se acomodara junto a Zé, num dos bancos altos do bar, com quem conversava. Ao mesmo tempo, ela observava a jovem modelo se debruçar, insinuante, sobre a mesa, cuidando para que Gabriel recebesse tudo de que necessitasse. Não conseguia evitar a adrenalina em seu sangue ao vê-los tão próximos, embora não detectasse nenhuma reciprocidade ao apelo sexual em Gabriel.

– Então, você é uma executiva do mundo da tecnologia? – Zé indagou, dando um gole na cerveja. – Pensei que executivos de multinacionais não tirassem férias. Parece que estão sempre correndo contra o tempo – comentou, bem-humorado.

Maria Eduarda riu, assentindo.

– Tem muito mito por trás disso. Na verdade, nós executivos não tiramos férias, só licenças médicas forçadas. Você sabe, é uma briga de foice, um querendo a cabeça do outro.

– Você está de licença médica? – ele perguntou, curioso, percebendo o toque de verdade por trás do tom irônico dela.

– Bem, na verdade, as duas coisas. Fui colocada de licença médica e me deram férias também. Isso significa pelo menos dois meses de molho.

Zé riu alto, deixando o copo sobre o balcão.

– Dois meses? *Vixe*, quem me dera. Mas, me diz uma coisa, o que aconteceu para eles te colocarem *de molho* desse jeito?

Este não era um assunto sobre o qual Maria Eduarda gostasse de falar. Ajeitou o cabelo curto com a mão, desconfortável.

– Uma combinação desastrosa de estresse com esgotamento físico.

Zé a encarou, com uma expressão simpática, preocupada.

– Então, você vem para cá se recuperar e acaba passando por um estresse daqueles... Mas por que foi escolher logo aquela escalada? Não é o tipo de passeio que as pessoas busquem quando estão querendo relaxar.

– Confesso que tenho um certo apreço pela adrenalina.

Zé acompanhou o olhar de Maria Eduarda em direção a Gabriel. Não conseguia mantê-lo afastado dele por muito tempo.

– Ele também gosta – Zé disse, olhando na mesma direção. – Mas é um cara tranquilo. E conhece essas montanhas como ninguém.

Maria Eduarda deixou seu copo de caipirinha vazio junto ao de Zé no balcão. Os dois observaram as mesas ao redor.

– Me dá até um aperto no coração... – ele disse, o olhar vago. – Pensar que o Gabriel poderia não estar aqui agora. Imagina, na véspera do aniversário do Rafael... Eles são como irmãos. Não sei como seria a vida nesta cidade se o Gabriel tivesse...

– Ele está bem – Eduarda interrompeu, agoniada.

– Graças a você – ele retrucou, sério.

– Para com isso – ela disse, impaciente. – Se eu não tivesse ficado para trás e atendido aquele maldito telefonema, o Gabriel estaria do outro lado do rio quando a enxurrada chegou. Ele estaria a salvo como o Rafael, não comigo. E ele só não conseguiu se segurar porque se preocupou em me tirar do caminho da água. Se não fosse por mim, ele teria escapado ileso.

Zé balançou a cabeça para os lados, fazendo *não*.

– Engano seu. A enxurrada teria acertado ele em cheio, no meio do rio. Ele não teria nenhuma chance... como ele mesmo previu, três semanas atrás.

Maria Eduarda se voltou para ele, surpresa. Aquela história de premonição estava indo longe demais.

– Ora Zé, tenha paciência. Como assim? – indagou, sem conseguir evitar o sarcasmo.

– Você acha que eles são *Os Anjos* por quê, por causa dos nomes? São especiais, cada um do seu jeito. O Gabriel tem o dom de prever as coisas; o Rafael conheceu a Luísa enquanto ajudava a curar uma criança com febre reumática: ela com remédios, ele com as mãos.

Aquilo era mais do que o pragmatismo de Maria Eduarda estava disposto a aceitar. Estava pronta para contra-argumentar quando Zé completou seu raciocínio, ignorando a ebulição de lógica que ameaçava irromper ao seu lado.

– Ele me disse que tinha sonhado com alguém que dava a mão para ele e o tirava da água. Mas era alguém que o amava. Ele pensou que fosse um anjo... – disse, encarando-a. – Ele sabia que ia morrer.

A argumentação evaporou de seus lábios, a conversa perdeu o tom colorido, bem-humorado, e se tornou sombria. Perturbada, Maria Eduarda desceu deslizando do banco, a garganta dolorida pelo esforço de impedir as lágrimas involuntárias. Não estava mais achando graça naquela história.

– Com licença, Zé – murmurou, evitando ser rude. – Só um instante. Eu já volto – mentiu, com a intenção de retornar para o quarto e não descer mais. Deixou o bar pensando em quando a próxima van sairia do hotel para São Paulo, onde pegaria um avião de volta para o Rio de Janeiro.

Caminhava pela alameda cercada por arbustos altos, salpicados de hibiscos, rumo à ala onde ficava seu quarto, quando ouviu atrás de si alguém chamar.

– Maria Eduarda!

Reconheceu a voz de Gabriel e, sem se voltar, diminuiu o passo, mas não parou.

– Não vai me fazer correr atrás de você, vai?

Eduarda parou e se voltou. Ele vinha em sua direção, o braço cruzado sobre o curativo em baixo do pulôver preto. Andou até ele, preocupada em fazê-lo se cansar.

– O que o Zé te disse? – Gabriel perguntou, ao chegar mais perto.

Ela desviou o olhar para o chão, evitando encará-lo. Ele era a última pessoa com quem desejava conversar sobre aquele assunto.

– Nada – respondeu. – Estou com um pouco de dor de cabeça.

– Eu quero te mostrar uma coisa – ele falou, pegando a mão dela e seguindo em frente, sem esperar seu consentimento.

Maria Eduarda se sentiu como uma menina, deixando-se levar

daquele jeito. Antes de chegarem à ala do seu quarto, desviaram por uma ponte sobre um pequeno córrego pedregoso. Ela já tinha visto aquele caminho, mas havia uma placa interditando o acesso.

– Aqui diz que não podemos passar.

– Confia em mim – ele retrucou, seguindo pela alameda escura.

Chegaram a uma redoma enorme, construída em arame e uma tela fina de náilon, cujo interior abrigava uma pequena floresta. Havia uma construção de alvenaria colada a ela e conectada por um corredor separado por duas lâminas emborrachadas que se abriram e fecharam ao passarem.

Gabriel alcançou a caixa de força junto à entrada e, conforme virava as chaves, luzes amarelas surgiam do chão, direcionadas para o alto, iluminando o entorno da redoma. Maria Eduarda levou um susto quando algo passou voando perto do seu rosto. Olhando com mais atenção, viu que estava cercada por centenas de borboletas coloridas. Elas dançavam à sua volta, pousavam na treliça da redoma, nas folhas das árvores e se acumulavam em torno de uma fonte.

Encantada, examinou a diversidade de cores e formatos, os desenhos das asas, cujos tamanhos variavam de minúsculas pétalas brancas a cintilantes ondas azul rei. Gabriel se postou às suas costas, igualmente admirado.

– Estão terminando a construção do borboletário. Trouxeram as espécies mais bonitas hoje.

– São lindas – ela falou, acompanhando o voo de uma das borboletas azuis.

– São ainda mais bonitas soltas nas montanhas. Você teria visto muitas delas se a gente tivesse conseguido fazer a escalada. Como não pôde ver lá, achei que iria gostar de ver aqui.

– Obrigada – falou, se voltando para ele.

– Eu queria muito te dar um presente – ele murmurou, envolvendo sua cintura com o braço, como fizera no lago, e pousando a boca entreaberta sobre a sua.

Desta vez, Maria Eduarda correspondeu, beijando-o de volta com paixão. Não era como se o beijasse pela primeira vez, era como se o conhecesse há muitos anos, como se estivessem se reencontrando e não se conhecendo. Uma mistura de sensações invadiu seu corpo. Sentiu-se agitada, febril de desejo e, ao mesmo tempo, calma, segura, como se a partir daquele momento, tivesse encontrado o caminho do seu destino.

– Vem comigo – ele sussurrou em seu ouvido.

Os dois deixaram o borboletário abraçados. Seguiram pela trilha escura e deserta que os levara até lá, cercados pelos barulhos noturnos da floresta ao redor. A luz fraca do hotel não permitia que Eduarda visse para onde estavam indo, mas ela continuou seguindo no ritmo de Gabriel, que caminhava como se enxergasse perfeitamente no meio daquele breu.

Logo alcançaram um chalé. Gabriel a soltou para localizar o interruptor e iluminar a varanda, para que pudessem entrar. A chave estava dentro de um vaso de plantas. O interior estava gelado. Na sala, havia um sofá grande em frente a uma lareira, uma mesa de centro e outra de lado, uma mesa de jantar com quatro lugares e, subindo por uma escadinha de metal em caracol, chegava-se a um jirau.

Gabriel seguiu direto para a lareira, onde se abaixou, se escorando na parede e segurando o curativo. Maria Eduarda estava apreensiva com o esforço que ele fazia ao se movimentar tanto. Era impossível que não estivesse sentindo dor. Mas entrou e aguardou, perto do sofá.

– No armário ao lado da porta tem cobertores – ele disse, enquanto arrumava a lenha e alcançava a caixa de fósforos que havia no aparador sobre a lareira – Está um gelo aqui dentro e vai demorar um pouco até o fogo esquentar o chalé.

Maria Eduarda foi até o armário pegar os cobertores. De fato, parecia fazer mais frio dentro do chalé do que do lado de fora. Como descera do quarto para o bar do hotel, usava apenas um *twin set* lilás de malha de lã, uma calça de camurça marrom e botas.

Encontrou dois cobertores xadrezes na última prateleira e os levou até o sofá. Gabriel havia conseguido firmar o fogo e se ergueu quando as labaredas tomaram força e começaram a crepitar. Eduarda desfez as dobras das mantas e se enrolou em uma delas, antes de se sentar em frente ao fogo. Gabriel parou ao seu lado.

– Quer tomar um vinho?

Eduarda ergueu os olhos para ele.

– Você não está tomando antibiótico?

Ele sorriu.

– Não vou beber. Quer que eu te traga uma taça?

– Não, obrigada – ela disse, segurando sua mão por cima do braço do sofá e puxando-o para junto dela. – Quero que venha para junto de mim.

Gabriel obedeceu e se sentou ao seu lado, passando o braço direito em torno de seus ombros. Maria Eduarda se recostou no peito dele, pousou a mão sobre seu coração e sentiu a pulsação forte sobre a bandagem. Mais uma vez, ergueu a cabeça e viu que ele a observava. Cobriu suas pernas e parte do corpo dele e sorriu, com um toque de malícia, antes de dizer:

– A gente não pode...

– Eu não te trouxe aqui para isso – ele interrompeu, acariciando seu cabelo.

Ela o encarou, curiosa, mas permaneceu em silêncio. Ele prosseguiu:

– Queria te ter perto de mim como naquela noite, na cabana. Mas, acordado, consciente.

Eduarda ergueu o rosto um pouco mais para alcançar seus lábios. Beijou-os de leve. Não tinha pressa. Era como se tivessem a vida inteira pela frente.

– Eu me lembro de você comentar que trabalha com tecnologia de computação. É programadora?

– Não – ela respondeu, sorrindo, admirando a dança do fogo à sua frente. – Sou gerente de desenvolvimento de novas tecnologias. Sou formada em Engenharia de Sistemas e trabalhei algum tempo no suporte técnico, mas meu trabalho hoje é mais estratégico do que criativo.

– Em qual empresa?

– World.com.

Gabriel ergueu as sobrancelhas, impressionado.

– Então, você é uma executiva em uma das maiores corporações de tecnologia do mundo. E como veio parar aqui? Imagino que costume passar as férias em Nova York, Paris, Londres.

– Isso quando consigo tirar férias. O problema é que tirar férias não fazia parte do meu calendário há dois anos. Na verdade, me obrigaram a *tirar férias*. O meu trabalho não permite que eu pare por muito tempo.

Gabriel continuava acariciando seu cabelo. Eduarda não queria se lembrar de nada relacionado ao trabalho, mas não quis ser indelicada.

– As empresas são multadas se os funcionários não tiram férias. Quem determina seu calendário de trabalho?

– Eu mesma – ela disse, se endireitando no sofá. Colocou uma das pernas sobre a outra, para tirar as botas. – A área de tecnologia ainda é um mundo muito masculino. Eu sempre tive de trabalhar dobrado para chegar onde queria.

– E onde você queria chegar?

– Hoje? Onde estou. Não tenho mais para onde subir, a não ser a vice-presidência ou alguma diretoria fora do Brasil. Mas é praticamente impossível. Essas posições são extremamente estratégicas, políticas.

Gabriel a observava, interessado.

– Você quer chegar a esses postos? De verdade? – ele indagou, se ajeitando no sofá.

– Óbvio – respondeu Eduarda, muito segura do que queria. – Quero chegar o mais alto que eu puder. Tenho trabalhado muito para isso.

– O que te atrai nesses postos? Dinheiro? Poder?

Eduarda passou a mão nos cabelos curtos.

– Eu quero garantir uma vida digna para mim e para a minha família. Quero garantir a minha independência financeira, o mais rápido possível. Não quero ter que trabalhar assim a vida inteira. Vi meu pai trabalhar como um condenado a vida toda e se aposentar com uma pensão que mal dá para pagar os remédios de pressão. Minha mãe a mesma coisa. Os dois deveriam estar aproveitando a vida, descansando, mas nenhum deles pode parar de trabalhar.

Um dia, eu vou poder dar a eles o conforto que merecem. E vou ter a minha própria empresa.

Gabriel assentia, em silêncio, acompanhando sua explicação.

– O que seus pais fazem?

– Meu pai era engenheiro, agora dá aulas em uma universidade; minha mãe tem uma loja de roupas e acessórios.

Ele respirou fundo, desviando o olhar para o fogo que crepitava à sua frente. Ficou em silêncio, pensativo.

– Você nasceu aqui? – Eduarda indagou, atraindo a atenção dele.

– Eu sou do Rio – ele respondeu, depois de alguns minutos. – Vim para cá com vinte anos.

Eduarda estava curiosa. Não sabia nada sobre ele. Teve a impressão de que ambos estavam hesitantes, cuidadosos, para falarem sobre suas vidas.

– Por que escolheu vir pra cá tão jovem?

Gabriel recostou a cabeça para trás, apoiando-a no encosto do sofá. Ficou com o rosto voltado para o teto, de olhos fechados, enquanto respondia.

– Pode imaginar vida melhor do que esta? – murmurou. Depois se voltou para ela.

– Você mora neste chalé?

Gabriel sorriu, mais à vontade.

– Não, mas fico aqui às vezes. É uma propriedade privada dentro do terreno do hotel. Fazia parte do acordo de construção mantê-lo intacto. Conheço os donos há quinze anos e eles me deixam ficar.

– Onde você mora?

– Perto da Mamma Rosa. Vai conhecer minha casa. É simples, como este lugar.

Eduarda chegou mais perto e o beijou. Depois, se aconchegou nele. Gabriel a envolveu novamente com o braço.

– Devem estar sentindo sua falta na festa – murmurou Eduarda, torcendo para que ele não quisesse voltar.

– O Rafa sabe que eu queria descansar hoje. Ele nem esperava que eu fosse à festa. Combinei de subir a serra amanhã com ele, de carro, para ver como as trilhas ficaram depois da enxurrada. Quer vir comigo?

Eduarda assentiu.

– Quero, mas você está em condições de sacolejar dentro de um carro por quase uma hora? Não sei nem como você aguenta andar!

– Este não foi meu primeiro acidente de escalada – ele disse, entrelaçando os dedos nos dela. – Estou acostumado.

Eduarda se ergueu mais uma vez, de repente. Gabriel franziu a testa, estranhando o súbito afastamento. Ela respirou fundo, sem saber direito o porquê daquele impulso, mas sem conseguir se conter.

– O Zé falou que você achava, ou melhor, que você *sabia* que ia morrer. É verdade?

Gabriel ficou sério. Apertou os olhos quando os desviou para as chamas da lareira.

– O Zé fala demais – retrucou.

– Você mesmo falou sobre sua intuição lá no poço – disse Maria Eduarda, sem se intimidar. – Você sonhou com a tromba d'água?

Ele se voltou para ela, com um olhar desafiador.

– Faz diferença?

– Por que estamos aqui juntos agora, Gabriel? Acredita que eu sou o "anjo" que você viu te tirar da água no sonho? – indagou, tentando retomar a objetividade que lhe era peculiar. – Nós mal nos conhecemos.

– Não acredita que eu possa me interessar por você sem nenhum motivo sobrenatural?

Diante do silêncio dela, ele continuou.

– É verdade, sonhei que a água me acertava e me carregava. Morrer não pareceu ruim no sonho. Eu não via quem me tirava do rio. Era uma mão delicada, feminina. Era uma presença doce. Uma presença doce como a sua presença na cabana aquela noite. Se é por isso que estamos juntos agora? Provavelmente. Eu só sinto que é certo, que estar aqui com você está certo e é só isso o que importa.

CAPÍTULO 5

Raios de luz incidiam sobre a cornija da lareira. Maria Eduarda piscou, sonolenta, abriu os olhos e se aconchegou nos travesseiros, sob o calor gostoso das cobertas. Estava sozinha no sofá. Ergueu-se no cotovelo, procurando Gabriel pela sala, sem encontrá-lo. Moveu as pernas para fora e saiu em direção ao banheiro, que ficava no segundo andar, para lavar o rosto.

Podia ver o chalé inteiro de cima do jirau. Gabriel também não estava no quarto. Ao lado, uma porta levava à sacada. O dia brilhava, azul, mas o vento gelado a obrigou a retornar para dentro. Desceu pela escada de metal até a sala. Não havia ninguém. Sobre a mesa de madeira, encontrou um bilhete: "*Já volto, G.*"

Maria Eduarda sorriu, avaliando a caligrafia, surpreendentemente bem desenhada, inclinada. Era um detalhe a mais sobre ele, pensou. Sentou-se à mesa, olhando em volta o ambiente enevoado do chalé, a luminosidade fria da manhã. A noite anterior tinha sido mágica. O brilho laranja do fogo incidindo sobre o rosto dele, a proximidade de seus corpos, uma sensação de intimidade que jamais sentira com nenhum de seus namorados, com ninguém com quem tivesse saído antes.

A fechadura estalou, trazendo-a de volta à realidade. Gabriel surgiu na porta com um pacote de compras nos braços.

– Bom dia – ele disse, fechando a porta atrás de si. Veio até ela e largou o pacote sobre a mesa, antes de se inclinar para beijá-la nos lábios.

– Bom dia – respondeu Maria Eduarda, inspirando profundamente e absorvendo o cheiro de sabonete que emanava dele. – Levantou cedo. Devia ter me acordado.

Gabriel começou a tirar as coisas do pacote. O pão estava fresco e quente e, assim que foi colocado sobre a mesa, o aroma invadiu a sala.

– Você estava dormindo tão profundamente que eu não quis te acordar. Tenho esse relógio interno que me acorda sempre às cinco e meia, não importa a hora que eu vá dormir – falou, colocando presunto, manteiga, queijo e leite ao lado do pão. – Quer leite quente ou frio? Estou sem pó de café, mas acho que ainda tem chocolate no armário.

Ele fez menção de ir até a cozinha, mas Eduarda se adiantou.

– Quente. Deixa que eu pego – ela disse, enquanto se encaminhava até o armário sobre a pia para procurar a lata de chocolate em pó. Trouxe-a para a mesa. – Não precisava ter tido trabalho, a gente podia ter ido tomar café no hotel.

Gabriel já havia partido um dos pães e saboreava um pedaço crocante.

– Preferia ter ido para lá? – indagou, sorrindo.

Eduarda se aproximou e o abraçou.

– Não. Só queria que não se movimentasse tanto. Precisa de repouso, Gabriel.

– Eu nunca descansei tanto na vida! – ele exclamou, rindo. – Ninguém me deixa fazer nada. Estou bem.

– Mamma Rosa deve estar preocupada – ela falou, enquanto voltava para perto da pia em busca de pratos e talheres.

Gabriel veio para o seu lado para esquentar o leite no fogão.

– Avisei a ela onde estava – murmurou, depois se voltou – Está tudo bem?

Ela também se voltou para ele, surpresa com a indagação.

– Está. Por quê?

– Você está tensa.

Maria Eduarda não tinha percebido isso até aquele momento. De fato, estava tensa. Tudo o que queria era estar ali com ele, fazendo exatamente o que estavam fazendo, mas se sentia estranha. Era bom demais para ser verdade. Ao mesmo tempo, tomava café com um homem que detestara de início, que mal conhecia e que tinha uma vida radicalmente diferente da sua. Não pôde impedir que tais questionamentos interferissem na sensação de intimidade que se criara naquela cena de café da manhã.

– Nós somos muito diferentes, Gabriel – murmurou, segurando as duas colheres de café que tirara da gaveta. – Na verdade, a gente não se conhece.

Ele ergueu as sobrancelhas.
– E?
– Tudo isso... é estranho – ela disse, olhando em volta. – Não acha?
– Acho. Mas estranho não significa ruim. Sim, é estranho como tudo aconteceu e certamente somos bastante diferentes. Eu já tinha percebido isso. Mas agora, neste momento, temos algo em comum: vivemos uma experiência intensa juntos, você salvou a minha vida e... – ele se aproximou dela e tocou seus lábios com a boca – você beija muito bem.

Maria Eduarda riu, beijando-o de volta rapidamente e o contornando para apagar o fogo, antes que o leite transbordasse. Gabriel a acompanhou com o olhar enquanto se sentava à mesa e partia o pão. A manteiga derreteu sobre o miolo quente.

– O Rafael está esperando a gente para subir a estrada. Quer ir mesmo?

Eduarda se sentou também, colocando leite nas duas xícaras.

– Quero, mas tenho que tomar um banho, trocar de roupa. Dá tempo?

– Dá. Ele vai primeiro ao posto para checar o carro, depois passa aqui. Ainda temos uma hora para comer com calma.

– *Você* vai comer com calma – disse Maria Eduarda. – Eu ainda tenho que tomar banho e secar o cabelo – falou, se levantando.

– Você precisa de uma hora para tomar banho?

Eduarda saiu na direção da porta levando a metade do pão e procurando sua bolsa.

– Te encontro aqui às dez para as dez. Depois te ajudo com a louça – falou, antes de sair.

– E eu pensei que isso ia ser um café da manhã romântico! – exclamou Gabriel, antes de ela fechar a porta.

* * *

A trilha estava escorregadia e úmida, com enormes poças de lama que faziam as rodas do jipe deslizarem, jogando-os para os lados. Percebeu que, numa dessas manobras, Gabriel contraiu a mandíbula, pressionando os lábios com força. Eduarda o encarou, preocupada.

– Gabriel...

Rafael ergueu os olhos para o retrovisor, observando o amigo.

– Tudo bem aí, cara?

Luísa passou o braço sobre o assento e se virou para ele.

– Você é teimoso como uma mula! Vai conseguir arrebentar os pontos, isso sim – falou, indignada.

Gabriel se segurou no banco da frente, se escorando para reduzir o impacto dos solavancos em suas costas.

– Está tudo certo – retrucou, com a voz abafada. Não tinha como disfarçar que sentia dor. – Aqui. Pare aqui um instante, Rafa, por favor – falou, apontando para uma fresta na vegetação. Ali dava para ver um trecho do rio.

Assim que o amigo parou, Gabriel saltou do carro, seguido por Maria Eduarda. Estavam num ponto alto, onde a vegetação rareava e permitia a visão, ainda que parcial, do vale por onde o rio serpenteava. Rafael se postou ao lado dele. Gabriel lhe mostrou algo que Eduarda não conseguiu distinguir imediatamente.

– Ali era o ponto de travessia. Está vendo? – indagou Gabriel, enquanto Rafael assentia com a cabeça. – Foi ali que a água acertou a gente – prosseguiu.

Maria Eduarda não reconheceu o lugar. De acordo com sua memória, havia um largo trecho descampado, onde havia se jogado no chão e atendido o telefone. Porém, para onde Gabriel apontava, havia apenas um monte de entulho, galhos e lama, agora que o volume de água baixara. Dava para ver o quanto o rio subira e o estrago era assustador.

– Esta trilha já era, *mermão* – disse Rafael, tentando manter o bom humor, dando um tapinha nas costas do amigo. – Vamos levar meses para tirar o entulho, se é que dá para tirar.

– Não podemos abrir uma trilha nova na floresta? Cortamos o rapel, mas, se subirmos pela floresta, podemos chegar à base da montanha e escalar – Gabriel argumentou, enquanto rumavam de volta ao carro.

Rafael inclinou a cabeça de lado, avaliando a alternativa, depois concluiu.

— Até dá. Posso subir e checar as condições do terreno assim que a água secar um pouco mais, mas acho que ninguém vai querer subir depois do que aconteceu. A notícia do acidente correu por aqui que nem rastilho de pólvora. Se você "caiu", *mermão*, duvido que alguém tenha coragem de encarar.

Gabriel parou e tornou a olhar a paisagem do vale, as mãos na cintura, um vinco forte na testa demonstrando preocupação.

— Vou subir com o João Antônio na semana que vem. O pessoal vai ver que...

— Opa, *peraí* — Luísa cortou, meio sorrindo, meio séria. — Será que eu ouvi direito? *Semana que vem?* Por cima do meu cadáver! Tenha vergonha nessa cara, Gabriel! — completou, cada vez mais irritada. — Aliás, não sei o que você anda tomando para aguentar ficar andando desse jeito e sacudindo dentro deste carro. Quer saber? Eu vim hoje porque sabia que você não ia desistir de subir, mas tudo tem limite!

Rafael abraçou a esposa e murmurou, carinhosamente, "*Calma, amor...*" enquanto Gabriel continuava mudo, postado na frente dela com as mãos nos quadris.

— Não se esqueça, porque eu nunca vou conseguir esquecer, que fui eu quem teve de te trazer de volta com choque de ressuscitador — ela continuou, a voz embargada e lágrimas nos olhos. Em seguida, deu meia volta e entrou no carro.

Um silêncio desconfortável se instalou depois do desabafo de Luísa. Rafael olhou para os próprios pés e seguiu a esposa. Gabriel continuou onde estava e Eduarda se aproximou, passando o braço em torno da cintura dele, que correspondeu, passando o dele em torno dos ombros dela.

— Você não estava falando sério quanto a subir na semana que vem... — indagou Eduarda.

Ele não respondeu. Entrou no jipe e continuaram a subir a trilha, quietos. A ideia de Gabriel era ir de carro até o "ponto base" mais próximo ao sopé da montanha. Porém, conforme a trilha se tornava mais íngreme, o caminho se tornava mais acidentado. Embora

Rafael dirigisse com extremo cuidado, os buracos, raízes e poças de lama não tinham como ser evitados. A cada tranco, Gabriel apertava o banco com mais força e os músculos de seu abdome retesavam.

Eduarda, atenta para cada movimento de respiração que ele continha, se endireitou no banco ao perceber que seu rosto estava lívido.

– Gabriel, o que foi?

Ele deitou a cabeça para trás e respirou fundo.

– Nada.

Rafael parou o carro no mesmo instante e se voltou. Luísa saltou, contornou o carro e abriu a porta do lado que Gabriel estava. Sem perguntar nada, segurou seu pulso. Pousou, em seguida, a mão em sua testa.

– O que está sentindo? – indagou, com autoridade de médica.

– Um pouco de tonteira, só isso – ele murmurou, de olhos fechados. – Já vai passar.

Rafael já estava ao lado dela com uma valise, de onde Luísa tirou um aparelho de pressão. Eduarda acompanhava, apreensiva, a movimentação dos dois. Não parecia ser nada sério e Luísa tornou a guardar os instrumentos.

– Vamos embora, a pressão está muito baixa.

– Só um instante – disse Rafael, afastando a esposa com o próprio corpo, gentilmente. Colocou uma das mãos na nuca de Gabriel e a outra sobre seu peito. Fechou os olhos. Alguns minutos se passaram enquanto Eduarda testemunhava, de queixo caído, a palidez do rosto dele dar lugar ao tom normal.

Ainda um tanto contrariada, Luísa tornou a tirar a pressão. Depois guardou o aparelho.

– Vamos embora de qualquer jeito. Não é porque você fez um *gato* que a situação dele está resolvida. Se quer seu companheiro de escalada de volta, Rafael, vai ter de colaborar.

Gabriel recobrou a disposição após a intervenção do amigo. Ajeitou-se no banco.

– Valeu – disse para Rafael, que deu um meio sorriso de volta e retornou para trás do volante.

– Vamos, cara. A gente volta para checar a trilha quando você estiver legal.

Gabriel ia contestar, mas o olhar de censura de Luísa o deteve.

O caminho de volta não deixou de ser tão tortuoso e doloroso para ele quanto o de ida. Ao pararem na porta da casa de Gabriel, Luísa sacou o celular.

– Vou chamar a Mamma Rosa. Não quero que fique sozinho esta noite.

– Eu fico com ele – disse Eduarda, num impulso. Depois se voltou para Gabriel, que a encarava, novamente pálido. – Quer dizer, se você quiser...

Gabriel sorriu, assentindo. Era óbvio que sentia dor e estava fraco. Não tinha mais energia para concordar ou discordar, mas pareceu feliz com a ideia. Estendeu a mão para ela, que a segurou. Estava febril.

Luísa olhou para eles um pouco desconfiada, depois falou:

– Tá, mas não se empolguem. Você tem meu celular, Eduarda, qualquer coisa, me liga. Dê um antitérmico a ele. – Depois se voltou para Gabriel. – O senhor vai para a cama agora e não saia de lá até amanhã, entendido?

* * *

Depois de acomodar Gabriel na cama e lhe dar o antitérmico, Eduarda se sentou ao seu lado. Ele tornou a segurar sua mão e a puxou para perto dele. Deitou-se também.

– Por que faz essas coisas, Gabriel?

– Que coisas?

Ela ergueu a cabeça, se apoiando no cotovelo, para vê-lo de frente.

– Se arrisca assim. Não está bom e já está combinando de subir de novo?

Gabriel fechou os olhos, antes de responder.

– Essa é a minha vida, Eduarda. Não sei viver de outro jeito.

– Mas não pode sequer esperar ficar curado?

Ele se ergueu um pouco nos travesseiros e foi obrigado a conter um gemido de dor. Eduarda se levantou, para não dificultar ainda mais seus movimentos.

– Está vendo?

– Não teve que atender aquele telefonema no meio da escalada? – ele indagou. – Não ficou mal porque pensou que poderia perder alguma coisa extremamente importante pra você? É a mesma coisa.

Eduarda riu diante da comparação.

– Você quase morreu! É muito diferente.

– Não, não é. O Zé me disse o motivo das tuas férias. O médico te coloca de licença médica e você, em vez de descansar, vem para cá fazer esse tipo de escalada. Não me parece assim *tão* responsável da tua parte.

– Claro que é diferente. Uma coisa é estresse, cansaço. Outra é sofrer uma parada cardíaca por causa de uma hemorragia!

Ele ficou sério, de repente.

– Pois se eu soubesse que você estava de licença médica por esgotamento, não teria deixado você entrar no grupo. Aquela escalada demanda força física, preparo e concentração, coisas que não tinha naquele momento. Você mentiu descaradamente para a operadora – exclamou, já num tom mais leve.

– Eu não menti! – Eduarda retrucou rindo. – Está certo, exagerei um pouco, admito. Eu estava bem. Estou bem.

Gabriel tornou a deitar a cabeça para trás e fechar os olhos.

– É. Por incrível que pareça, não somos tão diferentes assim – murmurou.

Eduarda saiu da cama, um tanto perturbada. O acidente, o relacionamento com Gabriel, aquele lugar, tudo o que acontecera havia desviado completamente sua atenção dos verdadeiros motivos que a levaram ao esgotamento do qual, a princípio, estava ainda se recuperando.

Observou Gabriel na cama, de olhos fechados, a camisa aberta revelando o curativo branco em torno no abdome. E se não tivesse tido força para ajudá-lo a sair do rio? E se não tivessem conseguido chegar à cabana? Ainda não sabia de onde tirara energia para andar com ele durante tantas horas, quando já estava exausta da caminhada até a cachoeira. E se ele tivesse morrido naquela cabana?

Foi até a sala. Vestiu o pulôver de lã que deixara sobre o sofá. De fato, a casa de Gabriel era bem parecida com o chalé, salvo pelo fato de ter dois quartos e nenhum jirau. Havia resquícios de cinzas na lareira, algumas toras e gravetos em uma cesta de vime. Juntou a madeira e, com ajuda de um punhado de jornal, conseguiu acender o fogo.

Ainda eram quatro da tarde, mas estava escurecendo. Retornou ao quarto e encontrou Gabriel dormindo. Estava com fome, pois não havia almoçado. Ficou na dúvida se deveria acordá-lo para comer, mas ele parecia tão confortável que teve pena. Nem sabia se tinha algo na geladeira.

Foi até a cozinha e encontrou um pote com o risoto da Mamma. Sua boca encheu d'água. Esquentou um pouco no micro-ondas e se sentou no sofá da sala, com o prato na mão.

Na verdade, aquela era sua terceira semana de licença. A primeira, logo após o desmaio, ela passara entre a clínica, onde ficara internada dois dias, e a casa dos pais. Na segunda, localizara o passeio que queria fazer e viajara no dia seguinte para fazer a escalada.

De repente, se deu conta de que nem contara para seus pais sobre o acidente. Afinal, eles não sabiam que havia se inscrito num passeio como aquele, pensavam que estava em um *spa*, descansando. Lembrou-se que Gabriel a acusara de mentir. E era verdade: mentira. Mentira para a operadora, para a família e, sobretudo, para si mesma.

– Eduarda – ouviu Gabriel chamar.

Deixou o prato sobre a mesa de centro e correu até o quarto. Ele estava escorado no respaldo da cama, sentado.

– Tem risoto na geladeira. Você deve estar com fome.

Eduarda se aproximou.

– Pensei que estivesse dormindo. Eu esquentei um pouco. Vou trazer um prato pra você.

– Estou sem fome – ele murmurou.

– Quando sentir o cheirinho, vai se lembrar de que está com fome. Tomamos café antes das dez. Você não pode ficar sem comer.

Ele ficou olhando para ela, como se avaliasse alguma coisa.

– Estava me lembrando disso. Tomamos café antes das dez.

Acordei tão cedo e vi que tínhamos dormido juntos no sofá.

Eduarda sorriu, se lembrando da sensação gostosa daquela manhã. Ele sorriu também.

– Por que não vem para cá? Traz suas coisas do hotel. Fica aqui comigo.

CAPÍTULO 6

Maria Eduarda encerrou a conta no hotel e se mudou para a casa de Gabriel na manhã seguinte. Acomodou sua bagagem em um dos lados do armário; sua coleção de cremes, hidratantes e xampus no banheiro e passaram a dormir na mesma cama. O estado de Gabriel não permitia avanços de intimidade, mas os dois se sentiam tão próximos que sexo parecia apenas uma consequência natural aguardando a dor do ferimento retroceder.

Adormecer e acordar em seus braços, observar suas mãos se moverem enquanto lia o livro sobre as aventuras de Amyr Klink na Antártica, tomar café da manhã com pão quente tão cedo que o sol mal havia surgido no céu, afundar o rosto em seu pescoço recém-saído do banho, eram as imagens e sensações que emergiam em sua memória enquanto o avião deslizava em direção ao Rio de Janeiro.

Depois de um mês idílico entre a casa de Gabriel, o chalé e passeios breves pelas montanhas, Maria Eduarda precisara retornar ao trabalho. Ele insistira em ir com ela até São Paulo, para que pudesse pegar o avião de volta. O motorista da van do hotel levava apenas os dois pela Via Dutra, calados, recostados um no outro. Quando o carro caiu em um buraco e ambos quicaram no banco, Eduarda sorriu, satisfeita ao ver que Gabriel não sentira o impacto como antes. Parecia que, finalmente, o ferimento estava cicatrizando.

Os dois se abraçaram com força em frente ao portão de embarque. Gabriel a beijou uma, duas, três vezes, como se não pudesse se afastar. De repente, deu dois passos para trás e murmurou "*Me liga quando chegar*" antes de virar as costas e sumir no meio da multidão que enchia o saguão da ponte aérea naquele domingo à noite.

Enquanto o avião seguia no breu da noite, Eduarda tinha a impressão de que seu peito ia explodir. Queria ter dito mais coisas. Queria ter ficado com ele nas montanhas para sempre. Como ele podia se despedir com um "*me liga*" enquanto ela queria dizer que estava apaixonada? Mas como podia dizer que o amava se o conhecia há menos de dois meses? Quando o veria de novo? Como poderia conceber acordar na manhã seguinte e não estar ao lado dele?

Não tinha trânsito no Rio às nove e meia da noite de domingo. A cidade estava iluminada, os carros zuniam à volta do táxi que a levava ao Jardim Botânico pelo Aterro do Flamengo. A janela do carro enquadrava o Pão de Açúcar como um cenário de cartão-postal. A beleza da paisagem, no entanto, era apenas uma pálida imagem comparada ao contraste do cinza chumbo das montanhas contra o céu azul, a névoa fria penetrando por entre as folhas das árvores e o cintilar colorido no movimento das asas das borboletas.

Nada se comparava a estar com ele.

* * *

Abriu a porta do apartamento, largou as malas no chão e se encaminhou para o telefone. No segundo toque, ouviu a voz de Gabriel.

– Chegou bem? – ele perguntou.

– Sim – murmurou, colocando as pernas sobre o sofá, encolhendo-se contra o encosto, apertando a almofada contra o peito.
– Como foi a viagem de volta para casa?

– Tranquila. A que horas você sai para o trabalho amanhã?

– Sete e meia.

Maria Eduarda podia ouvir a respiração dele no outro lado da linha. Ficaram em silêncio alguns segundos.

– Não falamos sobre isso – disse Gabriel.

– Sobre o quê? – indagou Eduarda, sentindo a garganta contrair. Não poder tocá-lo naquele momento era uma tortura.

– Você não estar aqui, ao meu lado.

– É. Não falamos sobre isso. Nem falamos sobre quando vamos nos ver de novo.

Gabriel suspirou. Maria Eduarda teve a impressão de vê-lo se acomodar nos travesseiros, como fazia ao colocar o livro de volta na cabeceira, antes de dormir. A lembrança daquela imagem, naquele momento, foi dolorosa.

– Eu tinha impressão de que, se a gente falasse sobre isso, o encanto ia se quebrar, você ia desaparecer como fumaça diante dos meus olhos e eu ia descobrir que tudo não tinha passado de um sonho – ouviu ele dizer.

– Um tanto infantil, não é? – ela indagou, rindo. – Eu tinha a mesma sensação.

– Quando vamos nos ver de novo? – ele perguntou, novamente sério.

– Que tal agora?

Foi a vez de ele rir.

– Certo. São só uma ponte aérea e duas horas de carro. Não vou conseguir dormir sem você.

– Não faz isso... – ela sussurrou. – Vou tomar um banho, comer alguma coisa e te ligo antes de dormir, está bem?

– Te espero.

Maria Eduarda desligou o telefone e reuniu forças para conseguir se levantar. A garganta doía com o esforço de conter as lágrimas. Como iria dormir naquela cama vazia sem ele? Como iria conseguir trabalhar no dia seguinte? Não podia sequer se imaginar naquele escritório, entrando e saindo de reuniões, atendendo a dez milhões de telefonemas e, depois, voltar para casa e não o encontrar.

Respirou fundo e, num impulso, se levantou do sofá. Foi até o quarto e jogou a mala ao pé da cama. Depois, abriu o chuveiro e, enquanto a água esquentava, se encaminhou para a cozinha. Tinha um pão de forma integral na geladeira, mas estava mofado. Pegou duas torradas de pacote e levou para o quarto junto como um refrigerante, pois o leite que encontrou na porta do refrigerador estava estragado. Comeu, antes de entrar no banho, sem estar realmente com fome.

Quando a água morna atingiu seu corpo, deixou a ducha massagear seu pescoço por alguns minutos até seus ombros relaxarem. Depois de sair do chuveiro, se enfiou debaixo das cobertas e pegou o telefone.

Estava pronta para ligar quando se deteve, os dedos já pressionando as teclas. *O que está fazendo?* perguntou a si mesma. Uma espécie de pânico atravessou seu corpo. Como podia estar apaixonada a esse ponto? E sua carreira? E seus planos? Sua vontade era pegar aquela mala e voltar para a casa de Gabriel – e fazer o que da vida? Morar com ele nas montanhas? Largar a carreira que construiu para fazer montanhismo com ele? Aquela não era a vida que sonhara para si.

Apertou o telefone contra o peito. Ficou olhando o relógio digital que a despertara todas as manhãs desde que se mudara para aquele apartamento, há três anos. Não acordaria com o beijo de Gabriel, mas com o toque do despertador.

Os minutos corriam enquanto a cabeça de Maria Eduarda fervilhava de perguntas e seu peito de enchia de angústia. Às onze e cinquenta o telefone tocou.

– Ainda não está na cama? – ele indagou, sem nem mesmo dizer alô.

O som da sua voz agiu como um bálsamo sobre a sua agitação. As dúvidas, os questionamentos, a angústia, desapareceram.

– Acabei de deitar...

– Boa noite. Durma bem – ele disse. – A gente se fala amanhã.

– Está bem. Boa noite, meu amor... – escapou de seus lábios, antes de apertar o botão que desligava o aparelho.

Não pode ouvir a reação dele.

***

Chegou ao escritório meia hora antes de o expediente começar. A equipe de limpeza ainda dava os toques finais na arrumação do prédio sofisticado e os funcionários da portaria a saudaram calorosamente. Conversou brevemente com a recepcionista, antes de subir ao seu andar, tentando não entrar em detalhes sobre o período de licença que se tornou público após o desmaio na festa de confraternização.

Sentou-se atrás de sua mesa, vazia e reluzente, fitando a tela do laptop à sua frente. Acionou o botão que o ligava enquanto sua mão se movia em direção ao telefone, impulsionada por uma vontade mais forte do que seu autocontrole.

Fechou os olhos ao ouvir a voz dele do outro lado, numa tentativa de isolar a imagem dele do ambiente ultramoderno e *clean* do escritório.

– Dormiu bem? – perguntou, depois de respirar fundo.

– Na verdade, não – ele disse e soou como alguém que acabara de se espreguiçar. – Custei a pegar no sono e ficava te procurando do meu lado. Estranho como a gente se acostuma, não é?

Maria Eduarda sorriu, momentaneamente deslocada para o cenário do quarto dele, de onde sabia que ele estava falando.

– É. Até a minha própria cama pareceu estranha esta noite.

– Onde você está?

– No trabalho – ela respondeu, se recostando na cadeira. – Quais são seus planos para hoje?

– Vou com o João Antônio checar as outras trilhas da montanha. Tem alguns pontos onde houve desabamentos e temos que avaliar se ainda podemos usá-las.

Maria Eduarda não gostou do que ouviu. Luísa recomendara que Gabriel evitasse as trilhas por mais dez dias, mas ele contra-argumentara fortemente, alegando que já não sentia dor e que as incursões não eram pesadas, nem envolviam escaladas.

– Gabriel, tem certeza que... – ia começar a dizer quando sentiu que havia outra pessoa na sala. Abriu os olhos e se deparou com Giovanna, sua assistente, que a encarava com um sorriso de orelha a orelha.

A jovem franziu a testa, interessadíssima, e indagou *"Gabriel?!"* com os lábios, sem emitir som. Maria Eduarda se endireitou na cadeira e ia continuar a falar quando ele a interrompeu.

– Tenho certeza. Não vou escalar, Eduarda, só andar.

– Eu te ligo mais tarde, está bem?

Ele entendeu o corte e murmurou.
– Bom trabalho. A gente se fala depois. Beijo.
– Beijo, tchau.

Os olhos arregalados de Giovanna denunciavam a excitação da assistente quanto à novidade. Ela veio lhe dar um abraço de boas-vindas, depois ficou aguardando, ansiosa, a explicação.
– E aí? Quem é Gabriel?

Eduarda se ergueu na cadeira e contornou a mesa.
– Depois eu te conto – falou, levando com ela o caderno de notas que tirara da gaveta. – Vamos para a sala de reunião, antes que todo mundo chegue. Como foi a apresentação? E a Kátia?

A expressão de Giovanna mudou de agitada para preocupada. Maria Eduarda sentiu o estômago contrair. Alguma coisa havia acontecido na sua ausência e não podia ser boa.

O relato da assistente foi muito pior do que Maria Eduarda poderia ter previsto. Giovanna tentara a todo custo se comunicar com ela, mas o celular não respondeu mais depois daquele último telefonema e os pais dela haviam se recusado a lhe dar o telefone do hotel.

O Diretor Brasil antecipara a apresentação do projeto pelo qual Maria Eduarda era responsável, no qual trabalhara exaustivamente junto com sua equipe durante oito longos meses e que lhe custara o esgotamento e a licença forçada. Na sua ausência, tendo em vista que a equipe, por lealdade a ela, havia se recusado a apresentar o projeto sozinha, o Diretor colocara Kátia Torres, a Gerente de Informática, como chefe do projeto e a apresentação havia sido realizada na semana anterior.

Maria Eduarda sentiu seu peito esquentar na mesma rapidez e proporção em que seu cérebro gelava. Giovanna a encarava apreensiva. A Gerente de Informática era inteligente, ambiciosa e almejava a Gerência de Desenvolvimento de Novas Tecnologias, o departamento mais estratégico da empresa.

Tentando se manter sob controle, enquanto sua vontade era gritar todos os palavrões que conhecia, Maria Eduarda se levantou para pegar um café na garrafa térmica.

– Como foi a apresentação?

Um pouco surpresa, Giovanna encolheu os ombros.

– Eu tenho que dar o braço a torcer... Foi boa. Ela conhecia bem o projeto. Tinha feito o dever de casa direitinho. Conseguiu responder a todas as perguntas. O DB ficou impressionado.

– Com a Kátia ou com o projeto?

Giovanna abaixou os olhos.

– Com tudo. Elogiou você, a equipe, o projeto... e ela. Depois a gente ficou sabendo que ele disse pro Diretor Regional que ela está pronta para *"voos mais altos"*.

A cobra deu o bote na hora certa... Eduarda pensou, com raiva. Precisava ter cuidado, afinal, agora estava numa posição frágil e teria de reconquistar o terreno perdido. Se bem conhecia a empresa, era muito provável que passassem aquele projeto para o Departamento de Informática e lhe dessem outro para iniciar.

A perspectiva não era nada animadora. Maria Eduarda tinha esperança de ver o produto sair da prancheta para as lojas e acompanhar o processo de desenvolvimento até o final. Mas não estava mais em suas mãos. Deixou a xícara sobre a mesa e seu olhar se perdeu por alguns momentos, buscando a imagem reconfortante de Gabriel. Queria ligar para ele e contar o que havia acontecido.

Giovanna sabia o quanto aquela notícia era ruim para Eduarda e pousou a mão em seu braço, solidária.

– Estamos com você, Duda. O Rogério e o Marco disseram que preferem pedir demissão a trabalhar para aquela perua. A Valéria quase se pegou com ela ontem. Sabe o que ela teve a audácia de dizer? Que era bom eles irem se acostumando com um novo estilo de chefia, que com ela a coisa ia ser muito diferente. Ela está *"se achando"*!

– Ninguém vai sair da equipe. Vocês funcionam bem juntos e não vai ser a Kátia que vai atrapalhar. Não acredito que o DB vá transferir a equipe de departamento, embora ele possa me mandar embora e colocar ela no meu lugar. Se isso acontecer, cabeça fria. Ela é competente, mas é prepotente e vai acabar se enforcando com a própria corda.

Giovanna deu um meio sorriso.

– O DB não é louco de te demitir. Você traz dinheiro para a empresa, Duda. Lembra do bônus que a gente ganhou no ano passado? Foi você, a sua ideia que estourou no mercado.

Maria Eduarda sorriu de volta, reconfortada com o acolhimento da colega.

– Essa equipe é que é especial. Sem vocês, não sai nada. O DB sabe disso. Se ele trocar a chefia, vocês vão continuar produzindo bem porque são bons. É simples assim.

Giovanna ia retrucar quando três jovens entre vinte e quatro e trinta anos adentraram a sala fazendo estardalhaço e comemorando o retorno de Eduarda. Rogério, Marcos e Valéria se alternavam nos abraços, nos comentários e relatos do estresse das últimas semanas, das fofocas do escritório e das reclamações sobre a possível futura chefe. Eduarda não teve como não rir com as tiradas maliciosas dos rapazes e precisou conter o ímpeto rebelde de Valéria, que ameaçava a integridade física da gerente rival.

Mal conseguiu abrir seus e-mails naquele dia. Tinha centenas de mensagens acumuladas, a secretária eletrônica do seu ramal registrara milhões de recados e havia uma sucessão de reuniões agendadas para a semana inteira, com diferentes departamentos. Além dos compromissos oficiais que ocupavam praticamente todos os horários da sua agenda nas próximas três semanas, Eduarda ainda precisava comparecer a uma série de eventos, jantares e dois *happy hours* marcados para aquele dia e para sexta-feira.

Novamente, se sentiu engolfada pelas atividades profissionais e um dia de escritório havia sido suficiente para dissipar a aura de sonho que vivera com Gabriel em São Paulo. Ao fim do expediente, antes de sair para o *happy hour* que sua equipe planejara, encontrou um momento de privacidade dentro da sala de reunião, que havia vagado por um momento, e ligou para Gabriel.

Ninguém atendeu. Desligou, desapontada, pensando que só conseguiria ligar de novo antes de dormir. Mas nem sequer teve tempo de ficar triste com a perspectiva, pois Marco entrou na sala e a chamou pela terceira vez. Estavam saindo para o bar e todos esperavam por ela na portaria do prédio.

CAPÍTULO 7

A semana voou e, de repente, já era sexta-feira. Embora Maria Eduarda ainda estivesse em um ritmo mais lento do que o normal, a quantidade de compromissos era absurda. Giovanna organizara sua agenda de forma a lhe dar espaço para respirar, mas a notícia de que o Encontro Regional das Américas da World.com, aquele ano, seria realizado no Brasil deixou a empresa em polvorosa.

O megaevento congregava as filiais de todos os países da região. Todos os departamentos da empresa se engajaram na preparação de apresentações de projetos, reuniões estratégicas e na mostra competitiva da "Solução Inovadora do Ano".

O projeto da equipe de Maria Eduarda havia sido indicado para essa categoria e ela soubera, naquela manhã, que faria a apresentação junto com a Gerente de Informática. Embora ainda não estivesse totalmente conformada com a ideia de transferir o desenvolvimento do protótipo para outro departamento, Eduarda sabia que precisava se esforçar para manter um clima de convivência pacífica, para o bem da própria equipe. Alimentar a animosidade não seria apenas antiético, seria perigoso. Era sua obrigação colocar as desavenças e desconfianças de lado para preservar a integridade do projeto.

Eduarda se revirou nas cobertas, enquanto as imagens do sonho ainda esmaeciam sob seus olhos. A equipe comemorava o prêmio, mas ela não recebia, como os demais, os cobiçados dez dias em Comandatuba e o bônus. Recebia seu prêmio das mãos de Gabriel: uma borboleta azul rei, que abria e fechava as asas na palma de sua mão.

Abriu os olhos, emocionada, e tornou a fechá-los, tentando recuperar a imagem de Gabriel sorrindo, enquanto a borboleta alçava voo em pleno auditório. Piscou, sonolenta, apertando o travesseiro com força. Fixou o olhar no relógio digital: eram dez e meia da manhã.

Não tinha conseguido falar com ele na noite anterior, quando chegara tarde do restaurante, para onde os colegas do trabalho a haviam levado, depois do *happy hour*. Esticou o braço e alcançou o telefone na cabeceira. Ninguém atendeu na casa de Gabriel.

Levantou-se para lavar o rosto e escovar os dentes. Chovia, por conta de uma frente fria que fizera a temperatura cair abaixo dos quinze graus naquele inverno. Vestia um moletom cinza, confortável e quente, com uma camiseta branca e só precisou passar os dedos pelos cabelos curtos para ajeitá-los. Tinha planos de almoçar com seus pais e, como tinham o hábito de comer cedo, tomou apenas um copo de leite.

A campainha tocou.

Eduarda estranhou que alguém pudesse estar batendo à sua porta tão cedo. Devia ser o porteiro, avisando que deixara os faróis do carro acesos, pois o interfone estava quebrado.

Gabriel segurava sua mochila como um altere, do mesmo jeito que fizera quando se conheceram. A jaqueta jeans grossa, acolchoada, era a mesma que ele usara quando a levara ao aeroporto. Seu cabelo parecia mais prateado e seus olhos castanho-esverdeados brilhavam.

– Achei que podia precisar do que tem aqui dentro – ele disse, com um sorriso maroto.

O coração de Maria Eduarda pareceu que ia saltar pela boca. Jogou-se nos braços dele, ignorando a mochila. Puxou-o para dentro do apartamento, fechando a porta com o pé e beijando-o, enquanto uma onda de excitação se alastrava pelo o seu corpo.

Gabriel largou a mochila, a enlaçou pela cintura e a encostou contra a parede, seus lábios descendo de sua boca para o pescoço. Eduarda tirou a jaqueta jeans grossa dele, depois a camisa de malha verde-escura que vestia por baixo. Sem cerimônia, ele afastou a blusa fina de algodão dela e a boca quente envolveu seus seios. A ansiedade era tanta que Eduarda só conseguiu abrir o primeiro botão da calça dele, antes de se deitarem no tapete.

Sem tirarem as mãos um do outro, os dois se enroscaram. As roupas logo deixaram de ser um empecilho. Eduarda tirou o preservativo que surgiu na mão de Gabriel e colocou nele, a visão de seu abdômen ondulado, de sua musculatura definida e rígida deixando-a ainda mais excitada. Seu toque, uma carícia intencional e firme, fez Gabriel gemer, rouco, em seu ouvido.

Hábil, ele ergueu sua perna e se encaixou, mas foi deslizando aos poucos, avançando e recuando sem pressa, fazendo o corpo de Eduarda estremecer. A estratégia deliberada a deixou ainda mais ávida e ela deu um impulso para inverter as posições. O movimento contínuo a fez conter a respiração e arfar, ao senti-lo inteiro dentro de si. Gabriel segurou seus quadris com firmeza, ondulando junto com ela, harmonizando o ritmo e acelerando o compasso, até o corpo de Eduarda arquear.

Ela continuou sobre ele, vibrando e tensionando, deixando a sensação se expandir, enquanto ele se erguia, a boca explorando um mamilo rígido, depois o outro. Eduarda ainda se movia sobre ele quando se abaixou, buscando seus lábios, sua língua, e Gabriel reverteu as posições. Sem se descolarem do beijo, ele avançou. O ritmo foi aumentando novamente, fazendo Eduarda conter a respiração outra vez. Uma nova onda aflorou e ela ergueu os quadris e se contraiu ao sentir que Gabriel estava perto do clímax. Ele, intuitivamente, acelerou ainda mais, até o corpo de Eduarda estremecer pela segunda vez e o dele vibrar.

Os dois permaneceram grudados, absorvendo as reverberações um do outro, até os últimos ecos da avalanche de sensações retrocederem.

Eduarda se ergueu sobre o corpo dele outra vez, se deitou ao longo de seu torso, e repousou a cabeça em seu peito. Gabriel a envolveu com os braços, as mãos deslizando em suas costas, apertando-a contra si. E, ofegantes e molhados de suor, permaneceram em silêncio, registrando os contornos e o calor de cada um, enquanto a chuva torrencial colidia e deslizava contra o vidro da janela.

* * *

Depois do primeiro *round*, dois outros se sucederam no sofá e na cama de Maria Eduarda. O entusiasmo do reencontro só arrefeceu por volta das duas da tarde. Os dois finalmente aquietaram, exauridos. Quando Eduarda recostou em seu peito, jogando seu peso contra ele, Gabriel tensionou as costas e conteve a respiração. Diante da reação, ela se ergueu e o encarou.

– Está doendo? – indagou, aflita. Não era possível, depois do que haviam feito.

Ele sorriu como uma criança arteira. Eduarda arregalou os olhos.
– Gabriel!

Ele a puxou de volta e passou o braço em volta de seus ombros. Eduarda recostou nele outra vez.

– Não é nada.
– Então, além *disso* – ela murmurou, maliciosa – a Luísa liberou... tudo?

Ele riu alto.

– *Isso* ela não especificou, mas eu me liberei porque estava enlouquecendo cada vez que pensava em você. Mas ela ainda não liberou *tudo*. Continuo proibido de escalar.

– Espera. Então como, onde você encontrou a minha mochila? Pensei que não ia ver a cor dela nunca mais! – exclamou, sentando-se novamente.

– O João Antônio achou. Ele subiu com o Rafael para tentarem refazer o percurso daquela trilha. Tiveram que desviar por dentro da floresta e acabaram tropeçando nela. Literalmente – ele falou, colocando uma das mãos atrás da cabeça e se erguendo um pouco. – Mas não encontraram teu celular.

– Ele caiu da minha mão quando você me empurrou – lembrou Eduarda, se levantando enrolada no lençol para buscar a mochila.

– Desculpe.
– Bobagem – ela retrucou, bem-humorada. – Eu tinha *back up* de tudo.

Gabriel permaneceu parcialmente coberto pelo edredom. Eduarda voltou para a cama com a mochila na mão, disposta a verificar a extensão dos estragos, mas parou de repente. Não pôde deixar de admirar o físico definido de esportista dele. Seu olhar passeou pelos músculos marcados, o pescoço delineado, as mãos que a deixavam zonza. Ele a encarou de volta, ciente de que estava sendo observado.

Magnetizada, Eduarda largou a mochila ao pé da cama e deitou-se sobre o peito dele, com mais cuidado desta vez.

– Estou tão feliz que tenha vindo – murmurou.

– Não deu para avisar. Bem, eu tentei falar com você ontem à noite, mas ninguém atendeu. Vim de carro com o Zé e saímos ontem de madrugada. Ele tinha de buscar uma encomenda aqui no Rio para a esposa e eu ia pedir a ele para trazer a mochila, mas achei que seria legal te entregar pessoalmente.

– Foi legal. Muito legal – ela sussurrou, se aproximando da boca dele.

O telefone tocou na cabeceira. Eduarda hesitou em atender, mas se lembrou de que deveria ter ido almoçar com seus pais por volta do meio-dia e eles deviam estar preocupados. Era exatamente o caso. Sua mãe reclamava do atraso e da falta de notícias. Afinal, deixara de se encontrar com eles durante a semana para que pudesse vê-los com calma, no sábado. Maria Eduarda não teve alternativa senão combinar um lanche, às seis e meia da tarde. Devolveu o telefone à mesa.

– Vai lá comigo – pediu a Gabriel, tornando a deitar a cabeça sobre o peito dele.

– Tenho de ir em casa, mas volto amanhã.

Eduarda franziu a testa, confusa.

– Como *casa*? Que casa? Não vai ficar aqui, dormir aqui?

– Eu tenho um apartamento aqui no Rio. Preciso ir até lá. Mas posso voltar para cá mais tarde, se você quiser.

– Claro que eu quero. Não podia imaginar que você tivesse um apartamento aqui. Você nunca me falou – retrucou, pensando no quanto sabia a respeito dele e se dando conta de que não era muito. – Aliás, não sei nada sobre a sua vida!

– Você vai ter tempo para descobrir – ele murmurou, pressionando os lábios contra os seus. Beijou-os suavemente, depois se afastou. – Quanto tempo a gente tem?

Eduarda resistiu desta vez.

– Estou azul de fome! Vou pedir uma comida e, depois, temos... – consultou o relógio. – ... tempo suficiente – completou, sorrindo.

* * *

Maria Eduarda passou o lanche inteiro pensando em Gabriel, na expectativa do momento em que se encontrariam novamente. Era perturbador sentir as mãos dele fortemente impressas em sua pele enquanto contava sobre o passeio nas montanhas. Fez um esforço enorme para evitar que sua imagem retornasse enquanto estava com os pais.

Contou o episódio do acidente sem entrar em detalhes, omitindo a gravidade da situação para evitar preocupá-los com algo que já havia passado. Mas ambos estavam mais interessados em saber se tinha descansado, se alimentado e se recuperado do estresse. Isso a desencorajou a falar sobre o relacionamento com Gabriel e preferiu aguardar um pouco mais antes de lhes contar sobre o romance.

Voltou para casa correndo, querendo chegar cedo, caso ele voltasse logo. Enquanto dava um jeito no apartamento, arrumando a cama e terminado de lavar a louça do almoço, Giovanna ligou.

– E aí, Duda, o que você está fazendo?

– Acabei de chegar da casa dos meus pais. Fui lanchar com eles. Por quê?

– O pessoal está indo se encontrar num quiosque da Lagoa. Que ir?

– Não dá. Estou querendo dormir cedo hoje – disfarçou.

Giovanna grunhiu do outro lado da linha, insatisfeita.

– *Hum*, sei. Você dormindo cedo sábado à noite. Tá, conta outra. O que é que está rolando? Tem alguma coisa a ver com alguém chamado Gabriel?

Maria Eduarda riu.

– Ele está aqui.

– Jura?! – exclamou a assistente. – Então, dormir cedo não é bem o que você tem em mente... Por que não leva ele?

– Não quero que as pessoas saibam, por enquanto. Você sabe como esse pessoal fala.

Giovanna ficou séria de repente.

– Olha, eu até entendo que queira aproveitar para ficar com ele. Aliás, tem de me contar essa história toda! Mas só para te dar um toque: a Kátia vai. Está toda *amiguinha* do pessoal. Sei que esta semana você entrou e saiu de reunião por causa do Encontro Regional e mal teve tempo de sentar na sua mesa, mas ela tem estado quase todos os dias com a equipe. Conversa com um, chama o outro para tomar café... Está ganhando espaço.

Eduarda se sentou no sofá, apreensiva.

– Mas é bom que ela se entrose com a equipe – falou, sem convicção, pensando no que podia estar por trás daquele comportamento.
– Eles não são bobos. Se ela estiver aprontando, vão perceber logo.

– Não é isso! Não sei, Duda, tem alguma coisa estranha acontecendo. A Kátia e o DB ficam horas trancados em reuniões, ela assume o teu projeto, conquista a equipe. Sei lá. É estranho.

– Você acha que estão querendo dar o departamento para ela?
– Eu achava que não, mas...

Maria Eduarda sentiu um calafrio. Giovanna era o seu termômetro. Ela era muito atenta para tudo o que acontecia na empresa e tinha um excelente sexto sentido para armações. Precisava, de fato, estar preparada, pois corria o risco de o Diretor demiti-la – por instabilidade emocional, talvez? – ou pior, colocá-la também sob a gerência de Kátia. Se isso acontecesse, teria de pedir demissão.

– Olha, Giovanna, não vamos colocar a carroça na frente dos bois – retrucou, tentando soar positiva.

– Eu só acho que você devia ir. Quanto mais próxima estiver dela, mais chance tem de monitorar seus movimentos.

Eduarda ouviu a campainha soar. Levantou-se do sofá com o celular na mão e abriu a porta enquanto respondia à colega.

– A que horas vocês vão estar lá? Em qual quiosque?

Gabriel entrou com uma mochila nas costas. Eduarda lhe deu

passagem e recebeu um beijo rápido nos lábios, prestando atenção às informações que ouvia.

– Eu vou ver se dá – falou para a assistente. – Um beijo. – Desligou o aparelho e voltou para junto de Gabriel, que ficara perto da porta com a mochila na mão.

– Como foi o lanche com os teus pais? – ele perguntou.

Maria Eduarda ainda estava tensa com o telefonema. De repente, se sentiu ameaçada de perder o emprego, de ver ir por água abaixo tudo que tinha construído durante três anos. Imaginar ficar subordinada à Kátia lhe provocou um calafrio.

Gabriel notou sua expressão preocupada.

– O que foi?

Eduarda ergueu os olhos para ele.

– Nada, coisas lá do escritório – respondeu, tentando soar casual. – Foi legal. Estava com saudades deles. Está tudo bem.

– Teus pais devem ter ficado preocupados com o acidente. Espero que não pensem mal de mim – falou, brincando.

– Eu não contei para eles os detalhes do acidente. Iria preocupar os dois à toa e deixar meu pai todo paranoico.

Gabriel apertou os olhos levemente e assentiu com a cabeça.

– Ah.

O clima entre os dois, subitamente, ficou estranho.

– Como foi no seu apartamento? Resolveu tudo o que precisava? – ela indagou.

Gabriel tirou a mochila do ombro e a passou por cima do encosto do sofá, pousando-a sobre as almofadas.

– Não é uma situação que eu possa resolver. Mas peguei algumas coisas que eu levar para a minha casa há muito tempo. Já faz uns dois anos que não vou lá.

– Está fechado esse tempo todo? – ela indagou, encaminhando-se para a cozinha, em busca de um copo d'água. – Quer água? – ofereceu, colocando a garrafa sobre a bancada que separava a cozinha da sala.

Gabriel sentou-se em um dos bancos em frente a ela.

– Não, obrigado. Meu irmão mora lá.

– Não sabia que tinha um irmão – Eduarda murmurou, deixando o copo sobre o móvel.

– Tenho – retrucou Gabriel, fazendo um esforço para sorrir. – Ele é bem mais novo do que eu.

De onde estava, Maria Eduarda podia ver o relógio que ficava em uma das prateleiras de mantimentos da cozinha. Eram quase nove e meia.

– Gabriel, uma colega do meu trabalho me ligou. Estão combinando de tomar um chope num quiosque na Lagoa. O que acha?

Gabriel ergueu as sobrancelhas, surpreso.

– Bem, não sei. Você quer ir?

Eduarda contornou o balcão e parou à frente dele.

– Na verdade, querer eu não quero. Preferia ficar aqui com você. Mas é importante... para o meu trabalho.

Gabriel a encarou por alguns segundos, depois assentiu.

– Se é importante, vamos.

* * *

Ao chegarem à mesa do quiosque, Eduarda apresentou Gabriel como amigo. Valéria, Giovanna e Kátia o examinaram de alto a baixo, enquanto se alternavam com perguntas a Maria Eduarda, disfarçando a curiosidade. Enquanto Marco e Rogério formavam um casal, apenas Kátia estava acompanhada do namorado. Os maridos ou "namoridos" das outras não frequentavam os *happy hours* da equipe.

Maria Eduarda e Gabriel sentaram entre Marco e Giovanna, de frente para Kátia. Logo Gabriel se engajou na entusiasmada conversa dos rapazes, que debatiam o resultado da final do campeonato carioca daquela tarde, entre Flamengo e Fluminense, com a derrota do time rubro-negro por 5 a 4 nos pênaltis.

Kátia se inclinou sobre a mesa, pousou sua tulipa de chope no descanso e se dirigiu a Maria Eduarda:

– Fico feliz que esteja recuperada, querida. Os dois meses de descanso te fizeram bem. Você está ótima!

Eduarda estampou um sorriso forçado no rosto.

– Obrigada, Kátia. Você também. Vamos combinar que coordenar o nosso projeto além do seu próprio departamento, ao mesmo tempo, não é para os fracos.

Ela sorriu de volta. Tinha dentes muito brancos, alinhados como se tivesse acabado de tirar um aparelho odontológico. Os cabelos escorridos, pretos, desciam pelos ombros e esvoaçavam com a brisa da Lagoa. Os olhos pequenos, castanho-escuros, estavam contornados com delineador, dando-lhes um ar oriental.

– Pois é. Na verdade, nem tive tanto trabalho assim. Sua equipe é maravilhosa e você deixou tudo tão organizado que não foi difícil dar continuidade. Acho que já podemos considerar este projeto como *nosso*, não é?

– Claro – murmurou Eduarda, sentindo a cabeça latejar. *Cobra*, pensou. *Falsa. Perua!* exclamou para si mesma, enquanto sorria amavelmente para o garçom e pedia um chope para ela e para Gabriel.

– Eu não bebo – ouviu, ao seu lado.

Surpresa, ela se voltou para Gabriel, que completou o pedido com uma água mineral.

– E então, Eduarda, o que foi que você teve afinal? Deve ter sido horrível desmaiar na festa daquele jeito – insistiu Kátia, evitando que o assunto morresse. – Foi uma virose?

O tom interessado, simpático e condescendente de Kátia fez o sangue de Eduarda ferver. Mas precisava reagir com igual controle e presença de espírito.

– Foi estresse. Mas, na verdade, houve um certo exagero por parte da empresa. Excesso de zelo. O DB achou que eu deveria tirar uma licença, já que eu estava há dois anos sem férias.

– Melhor pecar por excesso do que por falta – retrucou a outra.

Eduarda reparou que suas colegas acompanhavam o diálogo de rabo de olho, simulando interesse nas conversas paralelas da mesa.

– Sem dúvida. Mas, neste caso, foi excesso mesmo. Alguns dias depois do incidente da festa, eu estava pronta para escalar uma montanha no Parque Nacional das Agulhas Negras, em São Paulo.

Ao ouvir isso, Gabriel se voltou inteiramente para ela, as sobrancelhas erguidas. Fingindo ignorá-lo, Maria Eduarda prosseguiu:

– O que foi ótimo. Eu estava mesmo querendo participar de uma aventura radical e nunca tinha tido tempo. Agora, voltei com força total! – afirmou, dando um gole do chope que o garçom havia sido colocado à sua frente, sob o olhar atento de todos, principalmente de Gabriel.

– *Eita!* Conta mais sobre essa aventura radical – pediu Marcos. – O que você encarou? *Rafting*? Rapel? Como foi?

A mesa fez silêncio para ouvir seu relato. Não havia comentado com ninguém sobre o que fizera nas férias. Gabriel se recostou na cadeira, cruzou os braços e a encarou com interesse, esperando para ouvir o que ela iria contar.

Maria Eduarda ia abrir a boca, sem saber exatamente como começar, quando foi interrompida por Giovanna.

– Gente, olha quem tá vindo aí!

Todos se viraram para olhar na direção que seus olhos apontavam e identificaram o Diretor Brasil caminhando rumo à mesa deles. Ele estava com uma roupa esportiva e vinha acompanhado da esposa. Era um homem de cinquenta e poucos anos, com uma barba salpicada de branco, rente à face, que lhe caía muito bem.

– Quem chamou o DB? – Valéria sussurrou entre os dentes, sob o sorriso institucional de boas-vindas.

– Eu – disse Kátia, levantando-se para receber o casal.

O diretor se aproximou da mesa e Kátia se apressou em orientar o garçom a trazer mais cadeiras.

Antes de se sentar, o DB se voltou para Kátia, depois para Maria Eduarda, e falou:

– Vocês não sabem como estarem juntas aqui hoje, confraternizando e se divertindo, me deixa feliz.

* * *

Maria Eduarda entrou em casa atrás de Gabriel, que tirara a chave da sua mão ao perceber que ela estava transtornada demais para conseguir enfiá-la na fechadura. Bateu a porta atrás de si, dando continuidade ao acesso de raiva que começara no carro e ainda não se esgotara.

– Você pode acreditar nisso? Ela teve a cara de pau de chamar o DB para sair com a gente. Pra mostrar que o quê? Que é o quê? Minha *amiguinha*, minha *coleguinha*? Perua insuportável!

Gabriel continuou mudo, como estivera desde o momento em que entraram no carro para voltar para casa. Ele se sentou no sofá e recostou, sem interferir.

– Sabe o que ela quer? O meu lugar. É uma falsa, dissimulada. Ela quer que o diretor me mande embora para que ela possa se apropriar do *meu* trabalho, da *minha* equipe, do *meu* departamento. Isso porque ela não consegue fazer a equipe dela produzir como a minha.

– Então, ela é incompetente. – Gabriel concluiu, calmo.

– Não, ela não é incompetente. Ela é uma... – retrucou, se detendo antes de completar a frase com um palavrão. Diante da calma dele, que não dava eco nem alimentava sua raiva, Maria Eduarda se conteve. – Desculpe. Estou gritando como uma maluca há horas no seu ouvido. Desculpe.

– O que foi fazer lá hoje, Eduarda? – ele indagou, no mesmo tom calmo de voz.

A pergunta a pegou desprevenida.

– Como assim?

– Você foi lá para medir forças com ela? Garantir que ela não invada e se aproprie do *seu* território, do *seu* trabalho, da *sua* equipe... dos *seus* amigos? Nossa, quanto poder essa moça deve ter para fazer tamanho estrago na sua vida.

A raiva que sentia por Kátia, naquele momento, se estendeu a ele. Como ele podia fazer pouco caso de uma situação tão crítica? Seu desagrado ficou estampado no rosto. Prendeu a respiração, as veias do pescoço saltaram. Enquanto pensava em uma resposta adequada para Gabriel, ele pousou a mão sobre a perna dela, carinhosamente.

– Vou tomar um banho – ele disse e se levantou, deixando-a sozinha na sala, remoendo a raiva.

Impulsionada pela adrenalina, Maria Eduarda foi atrás dele.

– O que você quer dizer com isso? Eu trabalhei muito para chegar onde cheguei e não vou permitir que uma perua descarada... – exclamou, seguindo-o até o banheiro.

– Roube o teu lugar – completou Gabriel, interrompendo-a e se voltando para ela ao abrir a água do chuveiro. – Foi por causa disso que você ficou esbravejando lá na trilha?

– E você acha pouco? – retrucou Eduarda, as mãos na cintura, desafiadora.

– Estou vendo que não é pouco – ele disse. – Passamos mais de um mês juntos e você não tocou neste assunto. Mas uma semana aqui foi suficiente para te deixar neste estado. Com certeza, não é pouco. A questão é se vale a pena.

Sem desviar a atenção dela, Gabriel tirou a camisa. Depois, abriu o botão da calça. O gesto, tão simples e corriqueiro, fez Maria Eduarda esquecer o que estava dizendo. A raiva foi afogada por uma corrente avassaladora de desejo.

– Deixa que eu faço isso... – sussurrou, aproximando as mãos das dele.

Enquanto abria o resto dos botões, um a um, ela beijou seu pescoço, seu peito e seguiu beijando a ondulação dos seus músculos tensos, os lábios descendo pela barriga rígida dele. Ofegante, Gabriel infiltrou os dedos em seus cabelos, acompanhando os movimentos dela, a respiração cada vez mais pesada. Antes que a sensação se tornasse insustentável, ele a levantou e a beijou, enquanto deslizava o zíper do seu vestido de malha de lã até deixarem suas costas nuas. Ela se desfez do vestido e da calcinha, permitindo que caíssem sobre seus pés.

Gabriel a levantou sobre a bancada da pia, jogando no chão o que havia em cima dela. Eduarda abriu os joelhos e seu pé esbarrou na porta do box, onde a água do chuveiro explodia com força no piso. Ele se encaixou entre suas pernas, segurando Eduarda pelo quadril com uma das mãos e se apoiando no espelho com a outra, enquanto seus corpos se fundiam. Ela sussurrou em seu ouvido, pedindo que fosse mais fundo, e gemeu quando o sentiu mergulhar ainda mais dentro dela. Suas unhas deslizaram pelas costas dele, deixando marcas vermelhas. Ele a enlaçou com o antebraço, apertando-a com força contra si e a erguendo alguns centímetros da bancada. Eduarda perdeu o fôlego, as unhas cravaram em sua pele, se entregou ao compasso cada vez mais intenso dele.

Logo o vapor quente deixou tudo enevoado.

CAPÍTULO 8

Maria Eduarda despertou com Gabriel dando um pulo na cama ao seu lado. Ele se sentou, ofegante, e passou as duas mãos no rosto. Ela se ergueu também e, ao tocá-lo, percebeu que ele estava suando frio. Um *flash* de memória trouxe de volta a imagem dele em estado de choque, na cabana.

– O que foi, Gabriel? O que está sentindo? – indagou, assustada.

– Nada – ele murmurou, a mão sobre os olhos. Sua respiração estava tão agitada que ele tossiu. Estendeu o braço para alcançá-la, sem se voltar. – Desculpe ter te acordado.

– Foi um pesadelo? – ela perguntou, segurando sua mão. Acendeu a luz do abajur, o que o fez cobrir os olhos.

– Não acende a luz, por favor...

Antes de fazer o que ele pedia, reparou na cicatriz que o ferimento deixara nas costas dele. O corte devia ter uns dez centímetros sob a costela. Apagou a luz, sem saber direito o que fazer para ajudar. Recostou a cabeça em seu ombro.

– É, foi um pesadelo – ele disse.

– Quer falar sobre isso?

Gabriel tornou a se deitar, cobrindo os olhos com o antebraço.

– Vem cá – murmurou, apertando-a contra si. Seu coração estava disparado.

– O que foi, Gabriel, me fala – ela pediu, aflita.

– Sonhei com o acidente. Dorme. Já vai passar...

Quando Eduarda despertou novamente, Gabriel não estava mais na cama. O dia clareara e ouvia o tamborilar da chuva forte no parapeito da janela. Levantou-se com uma sensação ruim, como se não fosse encontrá-lo, mas se deparou com ele sentando no sofá da sala, lendo algo no celular. Ele ergueu os olhos ao sentir que estava sendo observado. Maria Eduarda se sentou em suas pernas e o abraçou, sonolenta.

– Você conseguiu dormir?
– Consegui. Bom dia. O tempo está horrível lá fora – ele disse, com bom-humor.
– Já acordou há muito tempo?
– Acordei às cinco, como sempre.

Eram nove e quinze. Habituada a acordar depois das onze aos domingos, Eduarda achou cedíssimo. Deu um beijo leve em seus lábios e se levantou novamente, em direção ao quarto. Estava frio demais para ficar só de calcinha.

– Já volto. Tomou café?
– Não, estava esperando você acordar – ele disse.

Maria Eduarda foi escovar os dentes. No banheiro, os objetos que costumava deixar sobre a pia deveriam estar espalhados pelo chão, mas haviam sido arrumados na bancada. Riu, lembrando-se do ímpeto de Gabriel na noite anterior. Tentou conter o sorriso bobo que aflorava e lhe dava aquele ar de felicidade típico dos apaixonados.

A mesa de café da manhã estava posta sobre o balcão que separava a cozinha da sala. Sentou-se em um dos bancos, atraída pelo cheiro de pão fresco e leite quente. Gabriel serviu as duas canecas de café.

– Como é que você consegue pão quente todo dia de manhã? – Eduarda perguntou, partindo um dos pães ao meio. – Vai me deixar mal-acostumada.
– Acordei e fui dar uma corrida na Lagoa. A padaria já estava aberta quando voltei.
– Conseguiu dormir direito, depois daquele sonho?

Gabriel respirou fundo, como se a lembrança não fosse agradável.
– Um pouco – respondeu, sem tirar os olhos da caneca de café.

– Você ainda tem pesadelos com o acidente?

– Não. Esse foi o primeiro.

O celular de Gabriel tocou e ele se levantou para buscá-lo na mesa de centro da sala. Atendeu ali mesmo.

– Oi Mamma, tudo bem? Cheguei bem, está tudo certo. Não, eu tentei ligar, mas... – falou, enquanto caminhava em direção à varanda. – Fui. O Pedro estava lá. Não, não encontrei. Eu sei, mas não foi para isso que eu vim para cá – retrucou, no limite de perder a paciência.

Maria Eduarda continuou comendo e ouvindo a conversa. Pensou se deveria deixá-lo sozinho na sala, mas ele não parecia preocupado em ser discreto. Ao mesmo tempo, percebeu a irritação na voz dele, o que não combinava com o tipo de relacionamento que tinha com a madrinha. Ele ficou em silêncio, de repente, o fone no ouvido, só ouvindo o que ela dizia.

– Mamma – disse, controladamente. – Mamma, eu sei o que você acha desde que tenho vinte anos. Não, eu não vou mudar e nem ele. Não vou fazer isso e você sabe porquê. Não. Vou sair daqui amanhã cedo, pego o ônibus das sete e devo estar aí à noite. Tá, eu ligo. Um beijo. Eu mando. Um beijo. – Ele recolocou o celular sobre a mesa e se voltou para Eduarda. – A Mamma mandou um beijo.

O bom-humor havia desaparecido. Ele retornou para a mesa contrariado. Pegou novamente a caneca de café.

– Obrigada – disse Eduarda. – Manda outro pra ela. O que aconteceu?

– Nada – ele murmurou, tirando um pãozinho da cesta. – Velhos problemas. Coisas de família.

– Com o seu irmão? – ela arriscou.

– Não, com o meu pai. Mas, por favor, não vamos falar sobre isso agora. Não quero que esse assunto estrague o meu dia.

Maria Eduarda imaginou a dimensão do problema. Lembrou-se de Mamma Rosa falando com o pai dele ao telefone, muito séria, contando sobre a parada cardíaca, como se quisesse mostrar que poderia ter perdido o filho. Mas ele não fora ver Gabriel nos quase dois meses que passaram juntos. Nem haviam se falado.

– O que você quer fazer hoje? – ele indagou, para mudar de assunto.

– Então, pelo que entendi, você vai embora amanhã de manhã,

no ônibus das sete –Eduarda questionou, ignorando a pergunta.

Gabriel assentiu, recheando o pão com presunto e queijo.

– E por que não fica comigo aqui esta semana? – ela pediu. – Se ainda está proibido de escalar, não deve ter nenhum passeio agendado.

Ele ia morder o pão e se deteve no meio do gesto. Ficou pensativo por alguns momentos.

– Fica aqui comigo, do mesmo jeito que fiquei com você no mês passado – Eduarda insistiu, antes que ele respondesse, o peito ardendo de ansiedade.

– Você estava de férias – Gabriel retrucou, deixando o pão intacto sobre o prato. – E vai estar trabalhando. O que vou ficar fazendo...

– Eu volto do escritório cedo, prometo – Eduarda interrompeu. – É a sua vez de relaxar, aproveitar, ir à praia. Tenho certeza de que gosta de ir à praia. Eu saio às cinco do trabalho. Chego cedo, prometo – completou.

– Eduarda...

– Gabriel, sabe o que você vai ficar fazendo em casa? Subindo e descendo trilha, andando de um lado para o outro, procurando o que fazer, já que não pode escalar. Sei que está melhor, que não sente mais dor como antes, mas ainda não está cem por cento recuperado. Aqui você pode descansar.

– Eu não preciso mais descansar.

– Está certo, não precisa. Mas pode.

– Eu não trouxe roupa suficiente para ficar uma semana aqui.

– Não acredito que seu irmão não possa te emprestar algumas coisas – ela argumentou.

Diante do silêncio pensativo dele, ela ergueu as mãos e exclamou.

– Nossa, não foi tão difícil me convencer a ficar um mês lá com você!

Gabriel continuava olhando para o pão no prato. De repente, sorriu. Ergueu os olhos, meio de lado, e disse:

– Você sabe que quanto mais tempo eu passo com você, mais difícil fica para ir embora?

Eduarda entendeu que aquilo era um "sim". Debruçou-se no balcão e lhe deu um beijo na boca.

– Então não vá embora. Fica aqui. Para sempre.

***

Apesar da promessa, Eduarda não conseguiu voltar para casa às cinco da tarde na segunda-feira. As reuniões preparatórias para o *Regional Meeting of the Americas,* que passou a ser chamado simplesmente de "ReMA", se estenderam até às sete e, por conta do trânsito, só conseguiu chegar em casa às oito e quinze. E ficou sabendo que no dia seguinte haveria um coquetel de boas-vindas para um dos parceiros da World.com canadense, que Giovanna havia se esquecido de incluir em sua agenda.

Gabriel conseguira um terno muito elegante, cinza-escuro, com o irmão mais novo para acompanhar Maria Eduarda ao evento. Vê-lo de terno foi como se deparar com outro homem. O caimento era tão perfeito que só podia ser uma roupa de grife – e das melhores. Mas era óbvio que, por melhor que fosse o traje, Gabriel não se sentia confortável dentro dele.

Mesmo sem ter tido tempo de ir ao salão, Maria Eduarda conseguiu se arrumar adequadamente. O cabelo curto não requeria muitos esforços, e a roupa, adquirida pouco antes de sair de licença, era perfeita. O vestido de seda vermelho-escuro, de corte seco e simétrico, reto, era acompanhado de um blazer longo, do mesmo tecido e feitio. A roupa, de um costureiro japonês, acentuava o porte elegante de Eduarda, que ficava ainda mais esguia sobre os saltos agulha.

Ao chegar à sala, pronta, Gabriel ficou momentaneamente mudo e depois murmurou um *"Você está linda!"* que deixou Maria Eduarda com a certeza de que acertara na compra.

A recepção, realizada no Copacabana Palace, estava cheia, mas a amplitude do local permitia um trânsito tranquilo entre os convidados. Levada de grupo em grupo pelo Diretor Brasil para ser apresentada aos diretores canadenses, Eduarda quase deixou de reconhecer o homem ao seu lado quando ele foi apresentado em inglês e respondeu num inglês melhor do que o seu. Em seguida, levou o terceiro susto da noite quando um dos diretores, natural de Quebec, falou em francês e Gabriel conversou brevemente com ele na mesma língua.

Maria Eduarda não conseguiu disfarçar a surpresa. Assim que ficaram sozinhos novamente, ela indagou, num tom meio sério, meio de brincadeira:

– Quem é você e o que você fez com o meu namorado? Quantas línguas você fala, Gabriel?

Ele franziu a testa e recusou o vinho oferecido pelo garçom.

– Cinco.

Maria Eduarda arregalou os olhos.

– Cinco?!

– Inglês, francês, alemão, espanhol e italiano.

Seu ar de espanto foi tão ostensivo que Gabriel sorriu, sarcástico:

– Por que a surpresa? Um guia de aventuras radicais mal deveria falar português?

Eduarda sentiu a agressividade embutida naquelas palavras.

– Não, eu não acho isso. É só que eu não podia imaginar... – retrucou, um pouco assustada com a reação dele.

– Meu pai é diplomata. Eu nasci na Itália e cresci na Suíça. Morei na Patagônia por alguns meses – ele falou, os olhos passeando pelos convidados ao redor da piscina. De repente, o olhar se fixou num ponto e seu rosto sombreou.

Eduarda se voltou na direção que ele olhava, mas não conseguiu identificar o porquê daquela expressão, que se fechou e escureceu como uma súbita tempestade tropical. Ia perguntar isso a Gabriel quando percebeu a aproximação de um homem alto, acompanhado por uma mulher da mesma altura, ambos muito elegantes.

O homem parou à frente do casal, sorrindo sem transmitir qualquer emoção, e falou:

– Gabriel, meu filho. Jamais imaginei que iria te encontrar em uma festa como esta, de terno e com uma mulher tão bonita ao teu lado.

O tom cordial escondia uma carga intensa de ironia. Eduarda apertou o braço de Gabriel, que permaneceu encarando o pai, sem dizer nada.

– Não vai nos apresentar tua namorada? – o mais velho indagou, voltando-se para Eduarda e lhe estendendo a mão. – Meu nome é

Vittorio de Lucca. Esta é Francesca, minha esposa – apresentou, fazendo um gesto breve em direção à mulher ao seu lado.

– Maria Eduarda Madeira – falou. Apertou a mão dos dois, educadamente.

Vittorio não tirou os olhos dela. Ele tinha o cabelo branco, curto. O porte atlético era visível por baixo do terno. Pai e filho não eram parecidos, mas Gabriel tinha algo dele que Eduarda não conseguiu identificar.

– Como vai, Gabriel? – Francesca indagou, com carinho.

– Bem, obrigado. E você? – ele respondeu, sério, mas gentil.

– Fiquei preocupada com o acidente. Mas vejo que já se recuperou – ela falou, tentando trazer a conversa para um tom amistoso.

– Já.

– Você deve ser muito especial, Maria Eduarda, para conseguir fazer o meu filho entrar num terno e vir a uma festa como esta. Se não me engano, a última vez que o vi assim foi na minha cerimônia de posse na embaixada brasileira da Argentina. Você tinha o que, quinze anos?

Gabriel continuou mudo, encarando o pai.

– Como vai a Mamma Rosa? – perguntou Francesca, insistindo na estratégia de aproximação.

– Bem. Está tudo bem – respondeu Gabriel, sem desviar os olhos de Vittorio.

– Seu pai e eu estávamos em Nova York quando a Rosa ligou sobre o acidente. Foi impossível conseguir um voo, você sabe, nesta época de alta estação... – ela disse, constrangida.

– Imagino – Gabriel retrucou, seco.

– Depois de uma parada cardíaca? Eu acabaria de matar você, se tivesse aparecido no hospital – Vittorio disse, rindo.

Eduarda sentiu um calafrio de horror. Foi a coisa mais cruel que ouviu nos últimos tempos.

– Ele me odeia – completou Vittorio, no mesmo tom de brincadeira, dirigindo-se a Maria Eduarda. Depois, se voltou para a esposa. – Vamos, tenho de falar com o CEO. Tornou a se dirigir a Eduarda – Se nos der licença. – E ao filho, em seguida – *Ciao*.

Os dois saíram, misturando-se aos outros casais. Maria Eduarda reparou que Gabriel tinha gotas de suor espalhadas pela testa, os olhos brilhavam sob uma camada vítrea de lágrimas que não iriam cair. Trincava os dentes com força, deixando os músculos do pescoço delineados. Diante disso, ela se postou à sua frente.

– Quer ir embora?

Ele relaxou um pouco os ombros. Tirou um copo de água da bandeja de um garçom que se aproximara. A mão ainda tremia quando levou o copo aos lábios. Uma gota de suor escorreu de sua têmpora.

– Vamos embora – disse Eduarda, ciente do choque que ainda reverberava em Gabriel. Ele estava fisicamente afetado pelo encontro.

– Não – ele falou, monocórdio. – Este é um compromisso de trabalho importante teu. Me dá cinco minutos. Eu já volto. – Gabriel depositou o copo sobre uma das mesas e saiu para algum lugar que Eduarda não conseguiu identificar.

Giovanna a localizou e acenou, já vindo em sua direção, acompanhada de Valéria e Marco. Os três a cercaram, as moças comentando sobre Gabriel e Marco mais interessado em lhe contar com quem Kátia acabara de chegar: o vice-presidente da corporação.

Apesar das novidades e das fofocas quentes da noite, Eduarda procurava Gabriel com os olhos, ansiosa e preocupada, sem conseguir prestar atenção aos colegas. O retorno dele demorou mais do que cinco minutos, mas, quando retornou, pelo menos já conseguia sorrir. A festa perdeu a importância diante do que acontecera. Meia hora depois, convenceu Gabriel de que queria mesmo voltar para casa.

Gabriel olhava a Lagoa através da janela do carro, enquanto Eduarda dirigia rumo ao Jardim Botânico.

– O que houve entre você e seu pai? – indagou. O episódio daquela noite havia sido impactante demais para ser ignorado.

– Ele matou a minha mãe – Gabriel respondeu, sem rodeios.

Maria Eduarda olhou para ele, assustada com a frieza da resposta.

– Matou aos poucos. Se tivesse dado um tiro nela teria sido menos cruel – ele continuou, ainda olhando pela janela. – A carreira dele, a sede de poder, a vida falsa e fútil, tudo isso acabou com ela. Minha mãe era alcoólatra. Em vez de ajudar ela, ele a internou numa clínica psiquiátrica, de onde ela nunca mais saiu. Ela morreu com quarenta e três anos.

– É por isso que você não bebe?

– Meu pai me internou na mesma clínica psiquiátrica quando eu tinha 17 anos e pagou ao dono, um médico amigo dele, pra me manter lá por quase um ano, amarrado, sedado. A Mamma Rosa conseguiu uma ordem judicial e me tirou de lá. Levei anos pra me livrar da dependência dos remédios. Meu pai acha que pode controlar tudo e todo mundo, à força.

Maria Eduarda não poderia jamais imaginar que Gabriel pudesse ter uma história assim. Por alguma razão, se sentiu culpada por tê-lo levado à festa.

– Desculpe... Eu não fazia ideia de que seu pai pudesse estar lá – começou a dizer, sem sabe direito por quê.

– Eu sabia que ele estaria lá – Gabriel interrompeu. – Ele é embaixador no Canadá e está aqui em missão diplomática. Aquele era o lugar certo para encontrar com ele.

Ainda mais surpresa, Eduarda se voltou.

– Então por que não me disse? Eu não teria te pedido para ir se soubesse...

– Porque você é mais importante para mim do que ele.

**

Aquelas palavras ficaram reverberando nos ouvidos de Maria Eduarda a semana inteira, acompanhando-a enquanto preparava relatórios, calculava custos, participava de reuniões. Já não podia mais imaginar voltar para casa e não encontrar Gabriel lá.

Gabriel, por sua vez, não tocara mais naquele assunto. Ele parecia tranquilo, correndo todas as manhãs, embora a praia estivesse inviabilizada por causa da frente fria estacionada no Rio.

Luísa o convencera a fazer exames na clínica de um amigo seu, para se certificar de que estava tudo bem. O resultado revelara que estava bem, embora o médico tivesse reforçado a recomendação de Luísa e desaconselhado exercícios pesados e escaladas por mais um mês. Um exame mais apurado revelara uma rachadura na costela sobre o ferimento que não aparecera antes. O médico ficou surpreso com sua resistência à dor e prescreveu analgésicos fortes, que Gabriel se recusou a tomar.

Eduarda pensava nisso quando Giovanna entrou em sua sala.

– O DB quer falar com você.

Ela estranhou, pois não tinha nenhuma reunião marcada com ele, nem naquele nem nos próximos dias. Mas se encaminhou para seu escritório.

– Preciso te pedir um favor, Maria Eduarda – o DB disse, assim que ela entrou na sala. Ele assinava uma pequena pilha de papéis, que seu secretário recolhia em seguida. Depois de entregar o último documento, completou – Eu ia levar o Armstrong para jantar hoje, mas estou com um problema na família e não vou poder ir. Temos reserva em um restaurante no Leblon, às 9 horas. Fique à vontade para levar seu companheiro. O Leonardo vai te passar os detalhes.

Eduarda assentiu, como se levar o CEO da World.com para jantar fosse algo muito corriqueiro. Suas pernas enfraqueceram de nervoso. Antes de sair, ela indagou:

– Alguma recomendação especial? Algum assunto mais sensível a evitar... ou abordar...

O diretor sorriu.

– Confio na sua capacidade de conduzir a conversa para os rumos apropriados e contornar, ou explorar, qualquer assunto *sensível*. Não se preocupe. O Armstrong é um homem simples. A esposa dele é tipicamente americana, vai se dar bem com ela.

Eduarda saiu da sala feliz com o voto de confiança, mas apreensiva. A responsabilidade era imensa. Uma palavra mal colocada, um número solicitado que não soubesse responder, refletiria mal para a sede brasileira como um todo. *Por que eu?* ela se perguntava. Aqueles jantares eram políticos, estratégicos. *Por que o DB não manda um gerente sênior? Por que não adia o jantar?*

Não adiantava ficar se questionando: era impossível recusar um pedido desses. Era mais uma noite sem poder estar com Gabriel a sós. O final da semana se aproximava e mal haviam conseguido conversar.

Tentou ligar para preveni-lo, mas ninguém atendeu em casa ou no celular. Ao chegar, mais uma vez atrasada por causa do trânsito, só teve tempo de comunicar que precisavam se vestir e sair quase imediatamente. Gabriel não contestou. Como ele não tinha outra roupa, vestiu a mesma da festa, já que era pouco provável que o CEO se lembrasse desse detalhe.

Mais uma vez, Maria Eduarda se surpreendeu com o desembaraço de Gabriel para lidar com esse tipo de situação. Ele estava muito mais relaxado do que ela e conseguiu encantar o casal com seu conhecimento sofisticado de política externa.

Enquanto Eduarda refletia, junto com o CEO, sobre os resultados positivos do último lançamento da linha de processadores no Brasil e os futuros desdobramentos daquela estratégia, Gabriel entretinha a esposa de Armstrong com uma história engraçada sobre uma escalada nos Alpes Suíços envolvendo um americano, um britânico e um francês. Não era uma piada, mas ela parecia estar se divertido pela forma como gesticulava e absorvia cada palavra com lânguida atenção.

Depois de levar o casal de volta ao hotel, aparentemente feliz, Eduarda estava aliviada o suficiente para fazer graça do ciúme que sentira daquela americana atirada.

– Pensei que ela fosse se derreter em cima da mesa – comentou, olhando-o de lado, bem-humorada. – Tem certeza de que ela não pediu seu telefone?

Gabriel deu um sorriso seco. Eduarda percebeu que ele ficara quieto assim que o casal saltara do carro.

– Estou brincando. Você arrasou – murmurou, colocando a mão sobre a perna dele, ao seu lado. – Obrigada. Hoje, foi você quem salvou a minha vida.

Ele continuou encarando o caminho à sua frente, segurou sua mão e a beijou.

CAPÍTULO 9

Na sexta-feira, Maria Eduarda entrou em casa como um furacão, atirou a bolsa e a pasta sobre o sofá e correu para o quarto. Eram dez para as nove da noite e Gabriel lia seu livro do Amyr Klink na cama. Ela se jogou ao lado de suas pernas, excitada.

– Adivinha.

Gabriel, que a observava desde sua entrada intempestiva no quarto, deixou o livro sobre a cabeceira.

– O Diretor Brasil te chamou na sala dele.

Eduarda não esperava que ele soubesse disso, mas, diante da sua agitação, pensou que podia ser uma conclusão lógica. Continuou com o suspense.

– E?

– Ele quer que você assuma a Gerência de Desenvolvimento latino-americana.

O entusiasmo de Eduarda se esvaiu instantaneamente. Sentiu o estômago contrair. Ninguém sabia daquela informação.

– Como você sabe disso?

Gabriel tentou sorrir e fez menção de sair da cama.

– É mais óbvio do que imagina. Ele não ia te mandar jantar com o CEO a troco de nada. Aquilo foi um teste. E você passou. Parabéns.

Eduarda colocou a mão no peito dele, impedindo-o de se levantar.

– Não, não é óbvio. Não tem nada de óbvio. Nunca nenhum brasileiro ocupou esse posto, muito menos uma mulher. Tinham três gerentes seniores na minha frente. Não é óbvio. Você sonhou com isso.

Ele recuou e a encarou. Os olhos rajados de verde refletiram a luz do abajur.

– Na primeira vez que sonhei com o acidente, uma mulher me tirava da água. Era uma presença doce... era você. Naquele pesadelo que tive, no domingo, a água me acertava e eu sabia que aquela mão iria aparecer. Mas ela não aparecia.

Eduarda ficou muda. Queria entender o que ele estava tentando dizer com aquilo, mas não conseguiu.

– O que isso tem a ver conosco? Estou aqui, estamos juntos.
– Você vai embora, Eduarda.
– Eu não vou embora, Gabriel! – retrucou, nervosa. – Esse processo ainda vai demorar. É verdade, a base da gerência da América Latina é o México, mas você pode vir comigo. Você pode escalar no México! Tenho certeza que tem um monte de lugares onde você pode escalar.

Ele passou as duas mãos no rosto. Depois, voltou a encará-la e disse:
– Eu não vou para o México.

Eduarda sentiu uma pontada aguda no coração. Foi a sua vez de se levantar da cama e se afastar.
– Essa é a sua decisão final, sem nem mesmo ter conversado comigo? – indagou, com raiva. – Estou decepcionada. Não pensei que fosse o tipo de homem que se intimida com o sucesso profissional de uma mulher.

Gabriel abaixou os olhos para as mãos, ergueu as sobrancelhas e sorriu, triste.
– É uma pena que pense isso de mim – disse, indo em direção ao armário, de onde tirou a mochila e começou a colocar suas roupas dentro.

Em pânico, Eduarda se aproximou dele.
– O que você está fazendo?
– Vou embora antes que a gente comece a dizer esse tipo de coisa um para o outro.

Ela o segurou pelo braço, forçando-o a olhar para ela.
– O que você quer que eu pense? Ainda não dei resposta ao DB. Ainda não tomei nenhuma decisão. E você age como se estivesse terminando comigo.
– Estou.

Aquela declaração fez Eduarda parar onde estava, congelada. Foi como se um abismo se abrisse sob seus pés. Ele respirou fundo. Devolveu a camisa para o armário e a encarou.
– Esse é o seu sonho, Maria Eduarda. Você vem trabalhando como louca para conquistar o que te ofereceram hoje. Você conquistou esse lugar por seus próprios méritos e não pode abrir mão dele.

A essa altura, o corpo inteiro de Eduarda tremia. As lágrimas se avolumaram em sua garganta de tal forma que a voz saiu estrangulada.

– Vem comigo – sussurrou, contendo o choro.

– Não posso.

– Por quê?

– Porque está além do meu limite – ele respondeu, contraindo o maxilar, os olhos marejados. – Você é uma alta executiva e sua vida vai ser isso: uma sucessão de reuniões, festas, jantares. Não posso fazer isso.

– Você sabia o que eu fazia, que tipo de vida eu levava quando veio para cá – exclamou, transtornada, magoada, as lágrimas saltando e escorrendo pelo rosto. – Por que você veio, então?

– Por que eu tinha que tentar. Por que eu sei que não existe a menor chance de você viver uma vida como a que eu levo. Mas eu tinha que tentar.

– Você pode! Olha como lidou com aquela festa, com aquele jantar. Você tem isso dentro de você. Isso é uma coisa boa – ela argumentou.

– Isso é o que eu mais detesto em mim. Não posso ser aquilo que mais detesto, Eduarda. Isso que você vê em mim, matou a minha mãe, quase me enlouqueceu e destruiu a minha família. Não posso. Iria nos destruir também.

– E quando pretendia me dizer? – indagou Eduarda, mudando o tom de voz. Engoliu o choro e passou as costas das mãos nos olhos. – Você não está indo embora por causa da promoção nem da viagem. Se sabia que não podia lidar com o tipo de vida que eu levo desde o momento que entrou nesta casa, por que esperou tanto para me dizer isso?

Gabriel desviou o olhar para o chão, procurando as palavras.

– Porque eu te amo – murmurou, tornando a encará-la. Duas lágrimas seguidas transbordaram de seus olhos claros. Ele se calou por um momento, se controlando, depois prosseguiu – E pensei que isso fosse suficiente. Mas não é.

Ele terminou de colocar suas roupas dentro da mochila e a fechou. Eduarda não conseguia mais se controlar. As lágrimas escorriam livremente e ela soluçava. Antes que ele saísse pela porta, ela disse:

– Covarde. Eu acho que você está sendo covarde.

Gabriel parou. Encostou a testa no batente da porta por alguns momentos, depois ergueu a cabeça novamente. Colocou a mochila nas costas. Ia dizer alguma coisa, mas desistiu.

Eduarda ouviu a porta bater e sentiu o corpo inteiro entorpecido. Queria correr atrás dele, implorar para que ficasse, mas não conseguiu se mover. As pernas estavam chumbadas; os braços, sem forças. Como podia deixá-la assim?

O livro do Amyr Klink ficara sobre a cabeceira. A visão doeu mais do que todas as palavras que ouvira aquela noite. Seus joelhos cederam. Desceu até o chão, soluçando, sem tirar os olhos do livro, do travesseiro ainda amassado com a forma das suas costas, da cama desfeita. Ainda não conseguia entender direito o que acabara de acontecer. Sentia apenas dor, muita dor.

***

O pescoço de Maria Eduarda estava rígido quando se ergueu para atender o telefone, que tocava insistentemente. Dormira na posição em que estava, debruçada aos pés da cama, ajoelhada no chão. O corpo reclamou para conseguir se esticar. Jogou-se sobre o colchão, deslizando nos lençóis, aflita, querendo alcançar o aparelho antes que desistissem e desligassem. Podia ser ele.

– Alô.

– Eduarda, desculpe estar ligando a essa hora, mas precisa vir para cá. Tem um problema no protótipo. Já liguei para todo mundo, a equipe está se reunindo no escritório para tentar solucionar. Não funciona! O Marco testou ontem e não funciona – metralhou Giovanna.

– Calma... espera – falou, tentando interromper a torrente verborrágica da assistente que, sem dúvida, estava muito nervosa. – Espera. Não pode ser. Eu revisei o programa antes de mandar, não tinha falha. Quem falou isso?

– O Marco ficou ontem aqui até tarde. Instalou o protótipo na rede e deu pau.

— A gente já tinha feito isso e deu tudo certo. Não pode dar certo num dia e falhar no outro. Cadê o Marco?

— Está aqui. Passou a noite inteira testando e retestando. Tem uma falha, Eduarda! Ele tentou ligar para você, mas ninguém atendeu no seu celular, nem na sua casa. Ele me pediu para te chamar agora de manhã. Estou aqui desde às seis e meia.

Maria Eduarda conferiu o relógio. Eram sete e quinze. O livro que Gabriel deixara permanecia ao lado do abajur. Uma nova onda de emoção invadiu seu corpo, os olhos ardidos se encheram de lágrimas e quase disse para Giovanna que não tinha condições de ir, mas se controlou.

— Estou indo para aí — murmurou e desligou o telefone.

Saiu para o banheiro, cambaleando de sono e se sentindo como se tivesse sido atropelada por um trator. Ao se olhar no espelho, levou um susto. Os olhos inchados e o nariz vermelho eram indisfarçáveis. Teria de ir trabalhar de óculos escuros. Escovou os dentes, tomou uma chuveirada, se vestiu mecanicamente, pegou a bolsa e a pasta que atirara sobre o sofá na noite anterior e saiu.

***

Os quatro colegas de equipe a cercavam por trás da cadeira, observando Eduarda digitar um comando atrás do outro e receber a mesma mensagem de erro. *O código está correto*, pensava. *Por quê? Por quê?*

Afastou as mãos do teclado, pousando-as sobre as coxas, exausta. Eram oito horas da noite. Ela e a equipe haviam passado o dia revisando todos os códigos da programação, revendo a arquitetura do protótipo e não havia meios de detectar a falha.

— Talvez não esteja no protótipo... — murmurou Marco, recostando no topo da mesa, encarando Eduarda e os outros colegas.

— Só pode estar — falou Eduarda, cruzando os braços sobre o teclado e abaixando a cabeça entre eles. Não conseguia mais raciocinar. Queria ir para casa, deitar e ficar trancada no seu quarto para sempre.

— Tem alguma coisa que a gente não está vendo — disse Valéria, se jogando na sua cadeira.

Rogério passou pela mesa de reunião e tirou o último pedaço de pizza fria da embalagem de papelão. Giovanna fez uma cara de nojo, depois se sentou em sua mesa. O silêncio da equipe era desanimador.

– Vão para casa – disse Eduarda, se voltando para os colegas. – Está tarde. Não adianta ficar todo mundo aqui. Vou revisar mais uma vez.

Rogério riu.

– É. Você está mesmo com uma cara ótima.

Os outros assentiram, rindo também. Eduarda não conseguira ficar de óculos escuros por muito tempo e seus olhos de esquilo estavam pequenos de tão inchados. Dissera aos colegas que era pela noite mal dormida, mas não foi convincente. Giovanna tentou abordar o assunto, mas não havia tempo para se preocupar com mais nada além do protótipo, que precisava estar rodando perfeitamente na segunda-feira. Se o projeto tivesse falhas, derrubaria não só o seu departamento como o de Informática também.

– Você fica, a gente fica – disse Marco.

– O que a gente não está vendo? – insistiu Valéria. – Consideramos todas as variáveis. Mapeamos todas as interfaces possíveis. O que é que a gente não está vendo?

Eduarda precisava tirar energia de onde não tinha. O rompimento com Gabriel a devolvera ao estado de exaustão que vivera antes de sair de licença. E, cada vez que o rosto dele voltava à sua memória, tinha de impedir as lágrimas de emergirem. Não conseguia clarear os pensamentos. Como ia encontrar a falha desse jeito?

– E se não for o protótipo? – repetiu Marco.

– Como pode não ser? – retrucou Eduarda. – Não tem como.

– E se for na rede?

Os quatro pares de olhos se voltaram para ele, igualmente atônitos.

– A interface da rede não muda, Marco. Não mudou desde que testamos o protótipo pela primeira vez – disse Rogério. – E, mesmo que fosse, nosso programa iria identificar qualquer alteração no ambiente da rede, qualquer instalação nova geraria um alerta.

– Eu sei, mas não estou falando das interfaces, mas da arquitetura em si. Se tiver um parâmetro diferente, ele vai travar.

– Tá, mas as configurações estão corretas – argumentou Valéria. – Aquela perua passou tudo e funcionou antes. Ela não alteraria o sistema sem falar com a gente. Se o protótipo não der certo vai queimar o filme dela também.

Eduarda se ergueu na cadeira.

– E se não tiver sido ela?

Giovanna também se ergueu e pegou o telefone.

– Vou ligar para a Kátia.

Marco se voltou para seu terminal e começou a acessar a rede.

– Preciso da senha do administrador – murmurou, enquanto digitava.

– O celular dela está *desligado ou fora da área de cobertura* – Giovanna falou, imitando a resposta automática.

Eduarda se aproximou da cadeira de Marco, debruçando às suas costas. Em algum momento, o sistema travaria o acesso.

– Eu devia ter ligado para ela antes – disse Giovanna, batendo com o telefone na mesa. "*Este não é um projeto nosso?*" – falou, imitando a voz de Kátia.

– Perua inútil! – exclamou Valéria.

– Calma pessoal – disse Eduarda. – Não adiantaria ter ligado para ela antes, sem saber se o problema era do nosso lado. Hoje é sábado, é mais do que natural que ela esteja incomunicável. Não temos o telefone do administrador do sistema?

– Ele está de férias. O técnico que trabalha com ele não fica com a senha, só quem tem é a Kátia.

– Mesmo de férias, não tem como falar com ele? – insistiu Eduarda, olhando o cursor piscar na tela de Marcos, aguardando a entrada da senha.

– Ele foi para Abrolhos. Está num barco. Impossível – murmurou a assistente.

Houve um novo silêncio na sala. Não podiam entrar na rede sem a senha. Nem podiam ficar esperando o contato com Kátia. Certamente precisariam de mais de vinte e quatro horas para identificar o problema na rede e talvez não tivessem esse tempo.

– Invade – disse Eduarda.

Marco arregalou os olhos. Rogério engasgou com a última mordida na pizza e Giovanna correu para lhe dar tapinhas em nas costas. Valéria gritou:

— *UHUUUU! É isso aí, chefia! Radical!*

Maria Eduarda se dirigiu a Marco e Valéria.

— Vocês praticamente criaram esse sistema e conhecem as vulnerabilidades.

— Isso dá demissão por justa causa, Eduarda – ele disse, hesitante.

— Se alguém tiver de ser demitido aqui, serei eu. A gente não tem tempo. Tenho que saber *hoje* se não estamos vendo a falha ou se ela não está no protótipo. Invade.

Era um trabalho difícil. Violar os mecanismos de segurança e invadir uma rede daquele porte não era tarefa para amadores. Mas confiava nas habilidades de Marco e Valéria. Eduarda sentiu o coração disparado. Podia, de fato, ser demitida por isso.

Valéria veio dançando, feliz, para o lado do colega. Os dois adoravam esse tipo de desafio. Eduarda se afastou para deixar os dois trabalharem sossegados. Respirou fundo, ainda apreensiva. Era uma cartada alta e, se estivesse errada, teriam pouco tempo para voltar ao ponto zero e recomeçar a busca. Giovanna se aproximou.

— Tem certeza?

— Agora é tudo ou nada, Giovanna. Se não for a rede, eu vou ter de suspender a apresentação.

— E tirar o projeto da mostra competitiva?

Eduarda não respondeu. Ambas sabiam que não teria alternativa.

* * *

Maria Eduarda chegou em casa às três da madrugada. O problema *era* na rede. Marco e Valéria conseguiram invadir o sistema e, quase imediatamente depois disso, detectaram não um, mas três parâmetros diferentes. Certamente, o técnico que ficara no lugar do administrador havia sido o autor das alterações.

Eduarda se deixou cair na cama de roupa e tudo. Mergulhou o rosto no travesseiro, que estava impregnado como cheiro de Gabriel. Uma nova avalanche de emoções a fez fechar os olhos com força e com raiva, tentando impedir que a imagem dele se reconstruísse em sua mente, que suas mãos retornassem sobre seu corpo, que sua boca se apropriasse de seus lábios. Queria se mover para longe, mas não tinha mais forças.

O que é que eu não estou vendo?

A pergunta ecoou em sua mente como um relâmpago. Não sabia exatamente o porquê daquele questionamento. Encolheu-se sob as cobertas, tendo se livrado dos sapatos sem desatá-los. Gabriel dissera que ela não suportaria viver a vida que ele levava. Provavelmente, estava certo. Mas ele tentara, ela não.

Uma vaga chama de esperança se acendeu em seu peito. Poderia abrir mão da promoção e ir atrás dele. Mas o culparia para o resto da vida. Por que tinham de ser tão diferentes? Não era justo! Por que essa promoção acontecia agora? Três meses antes, ela não teria hesitado; sequer teria conhecido Gabriel. Não, não podia abrir mão do seu sonho.

De fato, depois da promoção, sua vida seria ainda mais agitada do que já era. Horas extras, trabalho alucinado, pressão, estresse, jantares formais, recepções. Por outro lado, era sua chance. Era o seu auge. Aquela gerência poderia abrir caminho para um mundo corporativo além das suas maiores ambições.

Mas a pergunta se repetiu: *o que é que eu não estou vendo?*

CAPÍTULO 10

Maria Eduarda subiu ao palco para receber o prêmio junto com Valéria, Marco, Rogério e Kátia. A empresa inteira aplaudia, assoviava, gritava. O fato da *ReMA* estar sendo realizada no Brasil possibilitara que todos os departamentos enviassem representantes à cerimônia e, como únicos concorrentes nacionais, contavam com apoio unânime.

Chamou Giovanna para se juntar a eles e cedeu a palavra a cada um dos membros da equipe, antes de agradecer a premiação. Além dos dez dias em Comandatuba, cada um receberia um bônus generoso sobre os lucros da empresa.

O CEO da World.com veio lhe entregar o prêmio, sorridente, orgulhoso. O reconhecimento trazia uma sensação boa de realização profissional que fechava com chave de ouro sua etapa como gerente no Brasil. Apesar da satisfação pela conquista, Eduarda não estava tão feliz quanto deveria. Lembrou-se do sonho que tivera e percebeu que preferia estar recebendo uma borboleta azul das mãos de Gabriel.

Seus olhos se encheram d'água. O momento era propício à emoção e todo mundo atribuiu as lágrimas à premiação. A equipe se abraçava e pulava, gritando de alegria, e tentava incluir Eduarda na celebração. Mas ela retornou para a mesa.

Precisava dar uma resposta ao DB até o fim daquela semana. A nomeação seria anunciada no último dia do Encontro Regional, na presença dos diretores regionais e da presidência.

Gabriel havia terminado com ela há seis semanas. O vazio em sua vida se tornara evidente como nunca antes. O trabalho a motivava a sair de casa, mas não provocava mais a excitação que a movera durante tantos anos. Imaginava como seria a sua vida no México e ainda não conseguira chegar a uma decisão final.

O jantar prosseguia, com as equipes regionais espalhadas pelas mesas de forma a evitar agrupamentos de colegas de trabalho e facilitar a integração. Maria Eduarda acompanhava a conversa entre o diretor do Chile e um gerente do Canadá sobre os avanços na área de nanotecnologia quando Giovanna a alcançou, esbaforida e pálida como cera.

– Eu já chamei a ambulância – ela disse.

Eduarda a seguiu, correndo, através das mesas. Chegaram a um dos corredores do hotel e entraram no banheiro dos homens. Rogério estava agachado ao lado de Marco, tentando desesperadamente reanimar o companheiro estirado no chão, inconsciente. Valéria soluçava, as duas mãos no rosto, ajoelhada junto a eles.

***

No hospital, enquanto notícias de Marco, Eduarda recostara a cabeça para trás, fitando o teto. Lembrava-se da noite em que desmaiara na festa. *Esgotamento físico e emocional* fora o diagnóstico. Ignorara a licença médica e retornara das férias para exatamente o mesmo tipo de vida que levava antes do episódio, um tipo de vida que derrubara mais um dos membros do mesmo time.

Rogério andava de um lado para o outro, aflito. Ele lhe contara que Marco estava *pilhado* há meses, trabalhando sem parar, virando noite. O vício em cocaína, que ele pensava estar controlado, levara o namorado à *overdose*. E ele se culpava por não ter dado atenção aos sinais de alerta.

Eduarda se recriminava ainda mais. Como *ela* não tinha percebido uma coisa tão grave? Era sua obrigação como gerente saber o que estava acontecendo com sua equipe. Será *ela* que o levara ao limite?

Um senhor de jaleco branco se aproximou para falar com eles. Eduarda se adiantou, preocupada. Valéria, Rogério e Giovanna o cercaram.

– Ele está fora de perigo – o médico falou, se dirigindo a todos ao mesmo tempo. – Vamos mantê-lo em observação. Já comunicaram à família?

– Sim, eu falei com os pais dele. Estão chegando – disse Rogério, nitidamente aliviado. – Posso ver ele?

O médico assentiu e os dois seguiram pelo corredor. Aliviada, Maria Eduarda tornou a se sentar. Colocou a cabeça entre as mãos.

– Graças a Deus – disse Giovanna. Depois se voltou para Eduarda – Eu tenho de ir. Você precisa que de alguma coisa?

– Não, obrigada. Vai sim. Eu vou ficar e esperar os pais dele – Eduarda falou, se sentando novamente na cadeira da recepção da Emergência.

– Eu também – murmurou Valéria. – Vou buscar um café. Alguém quer?

***

Maria Eduarda acendeu a luz da sala e largou a chave do carro sobre o balcão da cozinha. Eram duas e meia da madrugada. Os pais de Marco disseram que ele tinha um histórico de problemas com drogas e álcool. Pensavam que estava melhor, desde que começara a trabalhar. Talvez tivesse sido um incidente isolado, talvez fosse o início de uma nova crise. Era cedo para dizer.

Vestiu a camisola, tirou a maquiagem e se deitou na cama, no lado onde Gabriel costumava dormir. O livro do Amyr Klink continuava sobre a cabeceira. Eduarda colocou a mão sobre ele. Depois, pegou o telefone. Precisava ouvir sua voz. Começou a digitar os números, mas parou. O que diria a ele?

Colocou o celular na mesa de novo.

Afundou-se nos travesseiros, angustiada. Que exemplo vinha dando à sua equipe? Trabalhar até o esgotamento total? Trabalhar cada vez mais, sem se preocupar com a saúde, com nada? Sabia que sua equipe se orgulhava do quanto conseguiam produzir, de ser o departamento número um da empresa, mas a que preço?

Seu objetivo de vida, à luz do incidente daquela noite e da perda do homem por quem estava apaixonada, pareceu vazio. Queria chegar ao topo, mas o que considerava *topo*? Na verdade, desde o início de sua carreira, queria abrir o próprio negócio, mas, para isso, precisava ter coragem.

Gabriel lhe dissera que era uma mulher corajosa. Riu, ao recordar as palavras dele. Nunca pensara nesses termos sobre si própria. Mas talvez a observação de Gabriel tivesse mais fundamento do que queria admitir: ela *tinha* coragem e determinação.

Aquela promoção era a prova de sua capacidade. A premiação coroara sua dedicação e a de toda a equipe. A lealdade e o companheirismo de seus subordinados demonstravam que era uma gerente respeitada. E seu salário atual, adicionado ao bônus por produtividade, estava muito acima do mercado.

O que estava esperando?

Pegou o celular mais uma vez. Ficou encarando a tela, pensando no que Gabriel diria.

– Do que você precisa, Eduarda? – perguntou, em voz alta. – De um homem para te avalizar e dizer que está fazendo a coisa certa?

Devolveu, mais uma vez, o telefone para a mesa. Uma agitação diferente brotava dentro dela.

Uma consultoria de desenvolvimento...

Novas soluções de TI...

Um novo desafio...

Imaginou-se elaborando propostas de projetos customizados para clientes corporativos, quem sabe para a própria World.com? Estava sendo ousada demais? O DB não achava cedo alçá-la ao posto de gerente para a América Latina. Por que *ele* acreditava mais nela do que *ela* própria?

Vinha fazendo uma aplicação há muito tempo para o momento de abrir sua empresa. O bônus que recebera aquela noite dobraria o que havia juntado.

O que estou esperando?

Sentou-se na cama. O relógio marcava dez para as quatro. Não precisava acordar cedo, pois era domingo. Abriu o laptop e começou a listar as ideias, o que precisaria fazer, o investimento necessário, os contatos que já tinha e a rede que ainda precisaria construir.

Trabalharia sozinha? Talvez alguém da sua equipe quisesse se aventurar com ela. Precisava de um sócio? Não naquele momento, ponderou. Precisava de ideias, boas ideias.

Tinha de considerar todos os ângulos: os pontos fortes, os fracos, as oportunidades, as ameaças, os riscos. De quais recursos humanos e financeiros dispunha? Como seria o cronograma de implementação? O que pretendia alcançar em cinco anos?

Traçou estratégias de negociação com o DB para sua demissão. Poderia ter um escritório em sua própria casa. Precisaria investir em equipamentos, um laptop novo, uma impressora 3D...

As ideias fervilhavam.

CAPÍTULO 11

A recepção estava vazia.
Maria Eduarda tocou novamente a campainha do balcão, tentando chamar a atenção de alguém. Uma atendente chegou, se desculpando. Não a conhecia. Talvez fosse nova no hotel. A jovem, solícita, lhe estendeu um papel para fazer o registro. Enquanto preenchia os campos, sentiu o coração acelerar.

– Obrigada – disse a moça, recolhendo o papel preenchido.

Maria Eduarda sorriu e pegou a chave que ela lhe estendeu.

– Você sabe como posso encontrar *Os Anjos*? – indagou.

– Acho que eles vão ficar fora mais dois dias – retrucou a jovem. – Pelo menos, não tem nenhum passeio agendado para antes disso.

Eduarda ficara sabendo na operadora de turismo que Rafael e Gabriel haviam suspendido as escaladas por algumas semanas para recuperarem a trilha do Véu da Noiva – a mesma que havia sido engolida pelas águas do rio durante a enxurrada. Mas esperava que já tivessem retornado quando chegasse.

Desapontada, acompanhou o rapazinho que pegou sua mala para levá-la até o quarto. Enquanto se encaminhava para lá, atravessando a alameda de hibiscos vermelhos, reparou que a placa que interditava o acesso à ponte sobre o córrego havia desaparecido.

– Por favor – chamou o rapaz, que já se adiantara à sua frente. – Pode deixar minha mala no quarto, por favor? Vou dar uma olhada no borboletário.

Ele concordou, sorrindo.

– Inauguraram faz uns dois meses – disse, se detendo brevemente. – Tá fazendo o maior sucesso. Pode deixar, eu levo a mala.

– Obrigada – Eduarda agradeceu, já imersa nas lembranças de quando estivera ali com Gabriel.

Seguiu o caminho que fizera com ele aquela noite e parou diante da redoma que abrigava a coleção de borboletas multicoloridas. De dia, a imagem era ainda mais bela. A floresta reproduzida no ambiente era um fragmento da que vira no passeio à cachoeira, antes do acidente. E, agora, passado o medo, o trauma, podia apreciar ainda mais sua beleza.

As borboletas saltitavam no ar com suas asas extraordinárias, se entrecruzando em uma confusão de cores. Acompanhou o voo de uma Monarca até o momento em que pousou sobre a fonte.

Eduarda se sentou num banco à beira do aglomerado de pedras que cercava a nascente. Respirou fundo, sentindo o ar fresco lhe tomar a alma. *Posso ficar aqui para sempre*, pensou. Podia, agora, de fato, podia.

O desligamento da empresa levara dois meses e fora menos traumático do que previra. Na verdade, estava tão excitada com a nova empreitada que o Diretor Brasil, embora tivesse sido tomado de surpresa, acabara se empolgando com o novo rumo de sua vida. A saída de Eduarda da empresa provocara uma comoção e seus colegas vieram parabenizá-la. De repente, foi como se todo mundo, no fundo, estivesse esperando por essa resolução.

O mais difícil foi a separação da equipe. Tinha imenso carinho por cada um deles. Embora num primeiro momento não fosse possível contratar ninguém para trabalhar junto com ela, em breve acreditava que poderia convidá-los para se juntar ao seu negócio, se desejassem. Um dia, quem sabe, todos poderiam trabalhar juntos novamente.

Marco se recuperara do incidente e o DB condicionara sua permanência na empresa a um tratamento de desintoxicação aliado à terapia. Apesar da resistência inicial, o apelo de Rogério e o incentivo das colegas o convenceram.

O período de transição ainda estava a pleno vapor. Nunca trabalhara por conta própria e o dia seguinte ao seu último dia na World. com foi tão assustador que quase pediu seu emprego de volta. Achou que tinha enlouquecido, que era uma irresponsável inconsequente, que *chutara o balde* e jogara a melhor oportunidade de sua carreira pela janela. Quem, em sã consciência, abriria mão de uma promoção daquela, de uma carreira internacional?

– Oi.

Maria Eduarda se voltou, assustada, ao ouvir a voz de Gabriel às suas costas. Deu um pulo do banco. Ele estava recostado na armação de ferro da entrada, o capacete de escalada na mão, as cordas e ganchos pendurados em torno do torso. Os braços estavam sujos de lama seca. Tinha o rosto corado, queimado de sol, e os cabelos estavam ainda mais brancos do que quando o vira pela última vez.

Aproximou-se, o corpo vibrando, insegura e ansiosa.

– Oi – respondeu. – Disseram que vocês ficariam fora uns dois dias.

– Era o que estava planejado – ele disse, se aproximando dela também, deixando a mochila no chão e o capacete sobre ela.

– Você sabia que eu estava aqui?

Ele sorriu, os olhos brilhando.

– Pensei que você estava no México.

Eduarda abriu a bolsa e tirou um cartão de visitas. Estendeu para ele. Gabriel leu a inscrição e tornou a sorrir. Depois, ergueu os olhos para ela, com uma expressão interrogativa.

– Pedi demissão da World.com – Eduarda falou, começando a ficar apreensiva com a hesitação dele. Parecia surpreso, tenso. – Decidi abrir meu próprio negócio.

– Seu próprio negócio? – ele indagou, com mais entusiasmo. – Parabéns! Imagino que tenha sido uma decisão difícil.

Maria Eduarda passou a mão nos cabelos rentes à nuca, ajeitou a franja que caía sobre a testa, querendo se ocupar com qualquer coisa que afastasse a sensação de desconforto.

– Aconteceram algumas coisas... E fiquei pensando se era mesmo aquele tipo de vida que eu queria para mim.

Gabriel a encarou, como se ponderasse sobre a veracidade de suas palavras.

– Fico feliz por você – falou, depois de alguns momentos em silêncio.

Eduarda imaginara um reencontro cinematográfico que não estava, em absoluto, acontecendo. Gabriel não se aproximara mais dela, nem sequer a cumprimentara com um beijo. Era possível que já a tivesse esquecido ou que estivesse com outra pessoa. *Eu devia ter ligado antes de vir*, pensou, com o coração dolorido. Para disfarçar o desapontamento, sorriu.

– Com o que sonhou desta vez? Como descobriu que eu estava aqui?

Ele apertou os olhos, com um sorriso de canto de boca, meio sem jeito.

– Na verdade, eu vim buscar um casaco no chalé e vi que tinha alguém aqui.

– Então nosso encontro não teve nada de sobrenatural desta vez? – ela insistiu, querendo desesperadamente achar graça daquela situação e não se sentir tão infeliz.

– Eu não disse isso – ele murmurou.

– Como você está? – indagou Eduarda, fazendo um esforço enorme para conter as lágrimas que começavam a brotar em seu peito. – Já conseguiram recuperar a trilha?

– Foi muito difícil deixar você, Eduarda – Gabriel disse, subitamente sério. – E, mais ainda, ficar sem você.

Aquelas palavras a atingiram como uma onda de choque. Não conseguiu identificar se ele estava magoado com ela ou era apenas uma constatação.

– Foi muito difícil para mim também – ela retrucou.

– E por que veio aqui hoje?

Sentindo os olhos transbordarem, Eduarda continuou a encará-lo.

– Eu não fui para o México.

– Eduarda... Se fez isso por minha causa...

– Não foi por sua causa – ela interrompeu. – Conhecer você me fez ver outras coisas, coisas que eu não valorizava antes. É verdade que aquela experiência me marcou mais do que eu pensei e que ter sobrevivido, você ter sobrevivido, me fez repensar minhas prioridades. Mas não foi só isso. Aconteceram outras coisas depois que você foi embora que me mostraram que eu não estava feliz, que me fizeram questionar o porquê daquela busca desenfreada.

– Eu não posso ser o motivo da sua mudança, Eduarda. Por isso eu fui embora. Como é que você vai, de uma hora para outra, abrir mão de tudo o que é importante pra você?

Eduarda deu um passo à frente, aflita, mas ele não se moveu. Diante disso, ela parou.

– Eu não sei, Gabriel. Não tenho todas as respostas. Sei que fiz aquilo que já estava nos meus planos há muito tempo e não tinha coragem. Eu achava sempre que ainda era cedo, que eu podia chegar um pouco mais longe, conhecer mais pessoas, ter mais experiência, sei lá. Eram desculpas. O que eu quero é ter o meu negócio, trabalhar, mas sem que isso seja o único objetivo da minha vida.

A luminosidade do sol chegava até o chão e inundava o jardim, refletindo nos olhos dele, deixando-os ainda mais claros. As borboletas dançavam à volta deles, alheias à turbulência de emoções que fervilhava entre os dois.

– Eu vim por que queria que você soubesse – murmurou Eduarda, insegura. – Não sei o que espera que eu diga.

– Não espero nada. Não esperava sequer te ver de novo.

A proximidade de Gabriel, ao mesmo tempo ostensiva e distante, estava se tornando insustentável. Perto dele, Eduarda não conseguia pensar direito e as palavras escapavam de seus lábios sem preparo, instintivas, verdadeiras.

– Eu só queria que você soubesse que não fui – sussurrou, com o fio de voz que conseguiu emitir. – Pensei que fosse ficar feliz.

Gabriel, de repente, a abraçou com força.

– É lógico que estou feliz. Mas não vou conseguir te deixar outra vez – murmurou em seu ouvido, apertando-a contra si. Afundou o rosto em seu pescoço. – Não vou conseguir...

Eduarda o abraçou de volta, o corpo reagindo ao contato independentemente de sua vontade, entregando-se, como se soubesse mais do que a sua própria razão.

– Me deixa tentar – ela disse, se afastando um pouco, acariciando seu rosto.

– Você veio ficar comigo e sei o que te custou. Nós vamos encontrar um meio-termo. Nós vamos encontrar uma forma de ficarmos juntos, sem que isso signifique acabar com a vida um do outro.

Gabriel suspirou.

– Eu também refleti sobre o que vivemos no Rio, sobre as coisas que te falei, sobre a minha história com meu pai. Eu fiquei muito assustado, Eduarda, quando vi que corria o risco de repetir, de reviver o pesadelo que foi a minha história. Talvez esteja mesmo na hora de mudar essa situação. Não quero passar o resto da vida com raiva do meu pai.

– Vocês se falaram depois daquela noite? – ela perguntou, sabendo o que significava aquela decisão.

– Não. Ainda não consegui pensar no que dizer, por onde começar.

– Você vai conseguir – assegurou, convicta. Aquela impressão de familiaridade, de conhecê-lo desde sempre, retornou com toda a intensidade. Gabriel era mais forte do que pensava, e mais generoso também.

– Como é que você sabe?

– Sonhei com isso – ela disse, num tom bem-humorado. – Não costumo errar.

Gabriel sorriu. Seu rosto se iluminou.

– Pensei que não acreditasse nessas coisas.

– Não acredito *nessas coisas*... Acredito em você.

Uma borboleta pousou sobre a mão de Eduarda, que estava no ombro de Gabriel. Fechou as asas azuis-escuros, cintilantes, por um breve instante, depois as abriu.

– Vou te levar para ver como elas são bonitas, soltas na montanha – ele disse, ao captar o movimento com o canto do olho, depois tornou a encarar Maria Eduarda. – Quanto tempo pretende ficar?

– Aqui? Não sei. Com você? Para sempre – e deixou seus lábios se erguerem para os dele, beijando-o, certa de que isso era exatamente o que seu coração queria.

Impressão e acabamento
Gráfica Oceano